Y 'FO'
YN Y TŶ

MAIR WYNN HUGHES

ISBN 1-903314-64-X

Dymuna'r cyhoeddwyr gydnabod cymorth
Adrannau Cyngor Llyfrau Cymru.

Cyhoeddwyd gan Wasg Pantycelyn, Caernarfon,
ac argraffwyd gan Wasg y Bwthyn, Lôn Ddewi, Caernarfon.

Y 'FO' YN Y TÝ

Disgwyliai'n guddiedig yng nghanol llwch a phlaster muriau'r hen dŷ. Roedd yn ymestyn o'r seler i'r atig, o'r llofft i'r gegin, i'r ardd llawn mieri a brwgaets. Disgwyliai . . . disgwyliai . . .

Aeth amser heibio. Misoedd a misoedd, un ar ôl y llall. Ond wnaeth o ddim peidio â disgwyl. Rhyw ddiwrnod, fe ddeuai rhywun yno, ac fe fyddai yntau'n deffro i fywyd newydd unwaith eto.

Teimladau a chyrff. Dyna a roddai fywyd newydd iddo a'i droi'n gryf a chyhyrog unwaith eto. Pobl. Pobl yn ffraeo, yn caru, yn casáu, yn chwerthin, yn anobeithio. Pobl yn byw! Ac yntau'n bwydo ar y teimladau hynny, ac yn tyfu'n foliog gryf cyn gwasgu a llyncu'r cyrff pitw gan adael dim – dim – ar ôl.

Mor bell yn ôl oedd ei bryd bwyd digonol diwethaf. Y ddau ifanc hynny a ddringodd drwy'r ffenest i feddiannu'r tŷ gwag. Dau digartref, yn llawn anobaith, ond eto'n caru ac yfed a ffraeo, ac yn chwerthin yn braf weithiau. Ymledodd cynnwrf gwannaidd drwyddo wrth gofio amdanynt.

Cofiodd fel y bwydodd ar y caru a'r ffraeo, nes o'r diwedd doedd dim ond yr ofn ar ôl. Yr ofn bendigedig a deimlodd y ddau pan lifodd drwy'r twll yn y gornel i'w hamgylchynu. Ac yna ei bleser wrth lusgo'u cyrff llipa i'w lwnc disgwylgar, a'r mwynhad wedyn wrth eu crensian a'u malurio, gymal wrth gymal, a'u treulio'n araf tra disgynnai tawelwch unig gwag rhwng y muriau.

Doedd o ddim yn cofio dŵad yma. Nac o ble y daeth. O rywle ymhell bell i ffwrdd, fe dybiai weithiau. O fyd arall, efallai? Byd lle roedd digonedd o deimladau a chyrff i fwydo arnynt. Ond doedd o ddim yn siŵr o hynny bellach. Y cyfan a deimlai nawr oedd y newyn ofnadwy yn cordeddu o'i mewn. Yr eisio . . . y blysu . . .

Disgwyl. Gobeithio. An . . . ob . . . eith . . . io! Ond . . .

Ymledodd cynnwrf araf drwyddo. Clywai leisiau . . . synhwyrai deimladau . . . symudodd *yn llegach. Pobl! Teimladau! Roedden nhw o fewn ei gyrraedd . . . yn nesáu! Bwyd . . . cynhaliaeth . . . teimladau . . . cyrff! Disgwyliodd fel pry copyn gyda gwe ei ddyheadau yn cynhyrfu'n araf flysiog.*

'Dydan ni 'rioed am fyw yma, Dad?' holodd Lowri a'i llais yn codi. 'Dymp! Dyna ydi o. Deudwch wrtho fo, Mam.'

'Does gynnon ni ddim dewis,' atebodd ei mam am yr ugeinfed tro.

Trodd Lowri at ei brawd. 'Dymp ydi o, 'te, Dan? Dymp tywyll hen-ffash a neb wedi byw ynddo ers blynyddoedd.'

Gwnaeth osgo cryndod.

'A . . . a . . . dymp efo hen deimlad annifyr yn perthyn iddo hefyd. Synnwn i ddim nad oes rhywun wedi'i lofruddio yma. Jest y lle, yn basa? Wedi'i gau tu ôl i wrych uchel fel hyn.'

Trodd at ei brawd eto a rhoi pwniad egr iddo.

'Deuda rywbeth!' hisiodd yn ddiamynedd.

'Deud be?'

'Wel . . . rhywbeth!' gorchmynnodd Lowri yn fwy diamynedd fyth.

'Pam?'

Sgyrnygodd Lowri. Pa iws trio cael

cefnogaeth ei brawd? Brodyr! Roedd hi wedi cael llond bol!

'Wel, sbïwch arno fo!' ebychodd gan droi at ei rhieni.

'Ar Dan?' holodd ei thad gan geisio bod yn wamal. 'Pam? Ydi o'n wahanol i'r arfer?'

Ceisiodd rannu gwên efo hi. Ond gwrthododd Lowri ymuno.

'Na, y lle 'ma. Rydach chi'n gwybod yn iawn.'

Lledodd ei breichiau i ddangos yr olygfa o'i blaen.

'Does neb wedi byw yma ers cantoedd. Paent iyci, gardd fel anialwch . . . a stryd o hen dai bron â chwympo yn cuddio y tu ôl i wrychoedd uchel.'

Ochneidiodd ei thad.

'Does ganddon ni ddim dewis, Lowri. Wedi i'r busnes . . .'

Pasiodd cysgod dros ei wyneb.

'Does ganddon ni mo'r arian, Lowri,' meddai eto. 'Lwcus fy mod i wedi etifeddu'r lle ar ôl Modryb Ann, ac yna wedi methu ei werthu. Mae'n do uwch ein pennau nes y bydd pethau'n gwella.'

Does dim rhyfedd ei fod heb ei werthu,

meddyliodd Lowri. Hen le bregus, blêr, o'r golwg mewn drain a mieri. Ac un od fu Modryb Ann erioed. Wedi symud oddi yno heb eglurhad, a'i adael yn wag wedyn am flynyddoedd.

Edrychodd ar ei brawd. Am eiliad, roedd yntau yn edrych yr un mor ddiflas â hithau. Ond wnaeth o ddim edrych arni, na dweud dim.

Agorodd ei mam y gât fach yn benderfynol, ond, rywsut, doedd fawr o awydd cerdded ar hyd y llwybr a arweiniai at ddrws y ffrynt ar ei mam chwaith. Roedd golwg sarrug bron ar ei hwyneb, a chofiodd Lowri am yr holl ddadlau a'r beio a fu rhwng ei rhieni ers i fusnes ei thad fethu.

'Rhaid gwneud y gorau o'r gwaethaf, Lowri,' meddai ei mam o'r diwedd. 'Tasa dy dad wedi bod yn fwy gofalus . . .'

Miniogodd ei llais.

'Fasen ninnau ddim yn y sefylla rydan ni ynddi rŵan. Mi ddeudis i ddigon. Ond na! Roedd yn rhaid iddo ymddiried mewn partner diegwyddor er bod y ffeithiau o flaen ei drwyn.'

Cerddodd i gyfeiriad y drws yn anfoddog.

'Ond . . . pam fan'ma?' cwynodd Lowri.

7

'Dydan ni'n nabod neb. Fydd gen i ddim ffrindiau na dim.'

'Am mai hwn ydi'r unig dŷ sydd ganddon ni,' oedd yr ateb siort. 'Mae'r llall wedi ei werthu i dalu'r holl ddyledion – i'n cael ni allan o dwll. Agor y drws 'ma, Glyn, inni gael mynediad i'r lle. Ychydig ddyddiau sydd ganddon ni nes y byddwn ni ar y clwt . . . heb nunlle i fyw.'

Roedd môr o ddiflastod yn llais ei mam. Doedd Lowri ddim yn lecio gweld ei rhieni yn ffraeo. Trodd at Dan a rhoi pwniad dirgel iddo eto.

'Deuda rywbeth, y mwnci.'

Edrychodd Dan arni.

'Be 'di'r iws?' holodd. 'Dydi cwyno ddim am wella pethau, yn nac ydi?'

'Wedi darganfod dy dafod o'r diwedd,' meddai Lowri.

Trodd Dan oddi wrthi gan godi ei ysgwyddau. 'Cau hi!' meddai'n chwyrn.

Gwgodd y ddau ar ei gilydd.

Y fi sy'n iawn, meddyliodd Lowri. Rydw i'n teimlo yr un mor ddiflas â Mam. Rhoddodd hwth i'w sbectol yn uwch ar ei thrwyn, yn ddiflas. Pam oedd yn rhaid i Dad ymddiried yn yr Elfyn Ffowcs celwyddog 'na, a hwnnw'n llenwi'i bocedi ei hun drwy'r amser? Ar Dad oedd y bai. Y fo fu'n flêr a dihid. Ond . . . edrychodd i'w gyfeiriad a gweld y boen yn ei lygaid.

'Hidiwch befo, Dad,' meddai'n sydyn gan gydio yn ei law a'i gwasgu. 'Fyddwn ni ddim yma'n hir, yn na fyddwn? Jest nes y byddwch chi wedi medru trefnu pethau. Mi gawn ni symud o'ma wedyn, yn cawn?'

'Debyg!' oedd ymateb diflas ei mam wrth gamu i'r lobi gul.

Dilynodd pawb hi. Suddodd calon Lowri wrth edrych o'i chwmpas. Teimlai fel pe bai wedi camu i arch dywyll, fyglyd. Baglodd ei hanadl yn ei gwddf ac aeth ias oeraidd drwy'i chorff. Roedd y muriau'n gogwyddo amdani, yn disgyn arni bron, a gallai daeru bod yr olion lleithder ar y papur tywyll yn gwenu'n fileinig.

Teimlodd gyffyrddiad ysgafn yn ei gwallt. Sgrechiodd.

'M . . . mi gyffyrddodd rhywbeth yndda i!' meddai'n grynedig gan gydio yn llaw ei thad unwaith eto.

'Twt,' oedd ymateb diamynedd ei mam. 'Gwe pry copyn sy 'na.'

Edrychodd ar y llwch a orchuddiai bopeth.

'Paid â gwneud ffŷs, da ti,' ychwanegodd yn flinedig.

'Ond . . . mi teimlais i . . . o.'

Ond doedd neb am wrando arni. Gollyngodd ei thad ei llaw a chamu drwy'r drws hanner-agored ar y chwith.

'Y lolfa,' meddai gan gamu at y ffenest.

Gafaelodd yn y llenni bratiog a'u tynnu o'r neilltu. Cododd cwmwl o lwch oddi wrthynt a rhwygodd y deunydd yn ei ddwylo. Ceisiodd wenu.

'Fyddwn ni fawr o dro yn cael y lle i drefn,' cysurodd. 'Wedi llnau dipyn bach . . .'

Darfu ei lais wrth weld eu hwynebau.

'A faint o bethau ein hunain fydd ganddon ni?' holodd ei wraig yn sur. 'Yr ychydig sydd ar ôl wedi i'r credydwyr gael gafael arnyn nhw. Hyn . . . yli!' wfftiodd gan ddal bys a bawd wrth ei gilydd.

Llyncodd eu tad boer ansicr.

'Mi ga i waith. Unrhyw waith i ddechrau.'

Ond doedd eu mam ddim yn gwrando. Roedd

hi wedi troi ar ei sawdl ac wedi cerdded i gyfeiriad y gegin.

'Yli! Ma'r ffenest 'ma ar agor!'

Daeth llais blin ei mam o ddrws y gegin. Brysiodd ei thad yno i weld.

Ond doedd Lowri ddim am eu dilyn. Dringodd i fyny'r grisiau wrth gwt ei brawd. A chyda phob gris, teimlai'n fwy a mwy anfodlon i gyrraedd y landin.

'Hen dŷ tywyll, annifyr,' meddai o dan ei gwynt wrth Dan.

'Ia,' oedd ateb hwnnw.

Roedd rhywbeth yno. Fe deimlai Lowri'n siŵr o hynny. Rhywbeth yn disgwyl amdanyn nhw ac yn awchu! Ysgydwodd ei hun. Wrth gwrs, doedd dim yno. Hel meddyliau oedd hi.

Ond eto, fedrai hi ddim peidio â synhwyro presenoldeb yn yr aer. A theimlo ysfa croeso oeraidd hefyd. Fel pe bai pwy bynnag oedd yno wedi bod yn disgwyl am yn hir . . . hir. A rŵan, roedd hi a Dan o fewn ei gyrraedd.

Cerddodd yr ias dros ei chorff eto.

2

Petrusodd ar dop y grisiau. Roedd drysau'r lloffftydd yn gilagored a rhywsut, roedd pob un ohonyn nhw'n fygythiad. Wyddai hi ddim pam. Ond roedd oerni yn crafangio trwyddi gymal wrth gymal. Ceisiodd ei pherswadio ei hun i gerdded ymlaen at y drws agosaf a mynd i mewn. Ond fedrai hi ddim.

'Symud!' cyfarthodd Dan. Trodd Lowri i edrych arno. Roedd golwg ansicr ar ei wyneb yntau. 'Wyt ti'n ei deimlo fo hefyd?'

'Teimlo be?' holodd Dan.

'Mae rhywbeth yma.'

'Tŷ gwag ydi o.'

'Ond mae gen i deimlad . . .'

'Pa deimlad?'

'Wn i ddim. Ond . . . rhywbeth.'

'Rwtsh!' oedd yr ateb.

Ond rhywsut doedd Dan ddim yn swnio'n berffaith sicr chwaith. Yna gwthiodd heibio iddi ac anelu am y drws agosaf. Dilynodd hithau yn erbyn ei hewyllys. Safodd yn y drws ac edrych o'i chwmpas. Gwelodd lofft wag, a'r llwch yn drwchus ar y llawr.

'Edrych!' sibrydodd gan bwyntio'n sydyn ofnus.

Roedd hen sach gysgu yn y gornel, a phentwr o ddilladau rywsut rywsut wrth ei hochr.

Cerddodd Dan yn araf atynt.

'Rhywun wedi bod yn cysgu yma,' meddai.

Symudodd y taclau yn ysgafn efo'i droed.

'P . . . pwy?' holodd Lowri.

'Wel, mae'r tŷ wedi bod yn wag, tydi? Rhywun digartref wedi manteisio, debyg,' eglurodd Dan yn rhesymol.

'Lle maen nhw rŵan 'ta? '

'Be wn i? Ddôn nhw ddim yn ôl a ninnau'n byw yma.'

Edrychodd Lowri o'i chwmpas yn anfodlon. Craffodd i'r gornel y tu ôl i'r sach gysgu.

'Yli!' sibrydodd. 'Mae 'na *dwll* yn fan'na. Twll mawr!'

'Mae'r tŷ 'ma'n hen, tydi,' meddai Dan yn

rhesymol eto. 'Falla bod eisio llawr newydd ar y llofft yma.'

'Wel, tydw *i* ddim am gysgu yma,' meddai Lowri'n bendant. 'Dydw i ddim yn lecio yma. Ddim yn lecio'r tŷ. Ddim yn lecio'r stryd. Ddim yn lecio nunlle yma. Dydi o ddim yn deg i Dad ein tynnu ni i hen le annifyr fel hyn.'

Llyncodd boer sydyn.

'B . . . be ydi'r ôlion 'na? Fel tasa rhywbeth wedi'i lusgo at y twll.' Cododd ei llais yn nerfus. 'Be sy wedi digwydd yna?'

Am eiliad, syllodd Dan i gyfeiriad y twll heb symud. Mae o'n dwll reit fawr, meddyliodd. Efallai nad ydi'r llawr yn ddiogel yn y gornel yna. Rywsut, fe deimlai'n amharod i gamu tuag ato jest rhag ofn. Ond eto, os byddai'n ofalus . . . Camodd ymlaen yn araf gan deimlo cryfder y llawr cyn rhoi pwysau'i droed arno. Plygodd uwch y twll. Crychodd ei drwyn.

'Iyc! Arogl drewllyd,' meddai. 'Hen ddraeniau neu rywbeth.'

'Draeniau? Yn y llofft?' holodd Lowri yn ansicr. 'Wyt ti'n siŵr?'

'Siŵr,' atebodd Dan heb fod yn siŵr iawn chwaith.

Brysiodd Lowri yn ôl i'r landin.

'Dad!' gwaeddodd. 'Mae 'na *dwll* yn y llofft 'ma.'

Clywodd ochenaid ei thad o waelod y grisiau, yna ei draed araf yn dringo'n bwyllog.

'Be eto?' holodd.

'Twll! Un mawr. Yn fan'na. A dillad.'

'Dillad?'

'Ia. Yntê, Dan?'

'Ia,' ategodd hwnnw.

Brathodd Lowri ei gwefus wrth wylio'i thad yn mynd i'r llofft. Tybed a fyddai o yn teimlo 'run anesmwythder oedd yn cripiad i fyny asgwrn ei chefn hithau?

'Dyna esbonio'r ffenest agored,' meddai ei thad. 'Rhywun wedi bod yn cysgu mewn tŷ gwag, dyna'r cyfan.'

'Ond . . . y *twll*?'

'Hen dŷ. Hen lawr,' meddai ei thad cyn cychwyn yn ôl i lawr y grisiau. 'Wnawn ni ddim defnyddio'r llofft yna nes trwsio'r llawr.'

'Byth!' tyngodd Lowri wrthi'i hun. 'Wna i *byth* gysgu ynddi hi.'

Safodd yno gan frathu ei gwefus. Roedd hi

mewn cyfyng-gyngor a wnâi hi fentro drwy un o'r drysau eraill ai peidio. Gwaeddai'i nerfau'n groch.

Yna, sgwariodd ei hysgwyddau a thynnu anadl ddofn cyn pwyso'n ysgafn ar y drws agosaf. Gwrthododd agor i ddechrau. Ond wedi iddi bwyso'n gryfach yr eilwaith, agorodd yn araf ystyfnig.

Astudiodd Lowri'r llofft o'r drws cyn mentro cerdded i mewn. Er bod ei meddwl yn dweud 'ffŵl' wrthi, fedrai hi ddim atal curiad byrlymus ei chalon, na chael gwared â'r teimlad bod rhywbeth yn rhywle yn ei gwylio ac yn disgwyl.

Doedd hi ddim yn siŵr beth y gallai hi ddisgwyl ei weld. Sach gysgu a thwll peryglus arall, am a wyddai. Ond doedd dim yno. Safodd yng nghanol y llawr a gadael i'w llygaid grwydro yma ac acw.

Llygadodd lofft wag gyffredin arall efo llwch a gwe pryfaid cop yn dew ymhob man, a phapur y muriau wedi llwydo'n batrymau gan leithder. Ond pam oedd ei chroen yn lympiau bach oeraidd, a'i theimladau annifyr yn cynyddu? Roedd hi'n siŵr bod rhywbeth yno.

Rhywbeth yn gwylio a gorfoleddu.

Trodd rownd a rownd gan geisio llygadu pob mur ar unwaith. Deuai sŵn gwingo dirgel y tu ôl iddi waeth pa ffordd yr wynebai. Ond er iddi droi a throi, welai hi ddim byd. Ond eto . . . eto . . .

'Be sy arnat ti? Yn troi fel pidi-down,' holodd Dan o'r drws.

'Y sŵn 'na? Glywi di o?'

Roedd ei chalon yn llawn ofn. Clywodd y sŵn eto a throdd i wynebu'r ffenest. Roedd symudiad yno. Llamodd ei chalon wrth glywed sgriffiad isel y gwydr. Yn union fel petai rhywbeth aflonydd yn ceisio ymestyn ei hun o gwmpas y ffenest.

'Gwynt,' eglurodd Dan.

Ond diwrnod tawel braf oedd hi. *Doedd* yna ddim gwynt. A rŵan . . . caeodd ei llygaid yn anghrediniol am eiliad, roedd y gwydr yn chwyddo a gostwng yn aflonydd . . . ac yn *gwichian*!

Llamodd yn ôl i'r landin a'i nerfau'n deilchion.

3

'*Welaist ti?*' holodd drwy wefusau sych. '*Roedd y gwydr yn symud!*'

'Ymm . . .' meddai Dan yn ansicr.

Ond roedd ei lygaid yn wyliadwrus wrth edrych yn ôl i'r llofft. Cwynai'r gwydr yn isel wichlyd o hyd, yn union fel pe bai'n cael ei ymestyn a'i wasgu bob yn ail. Ystyriodd fynd yn nes i weld yn iawn, ond y funud honno daeth llais diflas eu mam o waelod y grisiau.

'Lowri! Dan! Mae digon o waith yma heb i chi loetran i fyny'r grisiau 'na.'

Carlamodd y ddau i lawr y grisiau. Brathai anadl Lowri yn grafog yn ei gwddf. Fedrai hi ddim peidio ag edrych yn ôl jest rhag ofn bod rhywbeth yn eu dilyn. Wrth gwrs, doedd 'na ddim. Wfftiodd wrthi'i hun am fod mor wangalon. Ond eto . . .

'Roedd rhywbeth yna, 'doedd, Dan?'

meddai'n grynedig cyn cyrraedd y gegin.

'Rwtsh! Gwynt . . . aderyn . . . rhywbeth felly oedd yna.'

Doedd o ddim am gyfaddef iddo fo deimlo dim. Doedd twll a drewdod draeniau mewn cornel, na gwich gwydr mewn hen dŷ yn ddim i boeni amdanynt, penderfynodd. Ond roedd un gornel fach o'i feddwl yn cydnabod bod yna deimlad oeraidd annifyr yn yr hen dŷ.

Teimlai Lowri'n falch o gael bod yn ôl i lawr y grisiau. Rywsut, roedd y teimlad annifyr yn lleihau wrth iddi hi a Dan fod yng nghwmni diogel eu rhieni. Ond fyddai hi byth yn cartrefu yn yr hen dŷ yma er mai 'Cartref' oedd ei enw. Ond doedd o ddim yn gartref. Sut y gallai o fod a hwythau wedi gorfod gadael eu cartref eu hunain? Meddyliodd am y tŷ moethus y bu hi'n byw ynddo er pan oedd hi'n fychan. Gwgodd wrth gofio fel y bu'n rhaid iddyn nhw wylio'r beilïaid yn gwthio'u ffordd i mewn iddo a meddiannu pethau heb gymaint ag ymddiheurad.

Doedd ganddyn nhw ddim hawl i wneud peth felly, meddyliodd yn ffyrnig. Ond mi roedd ganddyn nhw. Dyna eglurodd ei mam a'i llais yn llawn bai. Nid cyfeirio at y beilïaid oedd hi . . . ond at ei thad.

A doedd ei mam ddim wedi peidio brygawtha a beio a ffraeo ers hynny. Ac o ran ei thad, roedd o wedi ymddiheuro, a syrthio ar ei fai, ac addo pethau gwell. Ond doedd hynny ddim yn gwella'r sefyllfa roedden nhw ynddo rŵan.

A doedd 'run ohonyn nhw . . . ei thad . . . ei mam . . . na'i brawd, eisio gwybod sut roedd hi'n teimlo. Doedden nhw'n poeni dim amdani. A hithau wedi ei gorfodi i symud yn bell oddi wrth ei ffrindiau, ac yn wynebu ysgol newydd ddiwedd yr haf. A fyddai ganddi ddim i'w wneud, na neb i wneud rhywbeth efo nhw, ond Dan trwy wythnosau hir y gwyliau. A doedd hwnnw'n dda i ddim.

Roedd arni ofn yn yr hen dŷ yma. Ond wfftio wnaeth Dan. Er ei fod yntau wedi clywed y gwydr yn sgriffio a chwyno a gweld y symudiad boliog hefyd. Ac wedi gweld y twll mawr a'r olion yn y gornel.

Ac fe glywodd hi sŵn gwingo – yn y waliau i gyd. Ond wnâi Dan ddim cyfaddef. A rŵan, roedd hi i lawr y grisiau yn gwrando ar leisiau oeraidd ei rhieni, tra safai Dan yn ddistaw wrth y ffenest.

'Gafaelwch ynddi wir,' gorchmynnodd eu mam yn siort. 'Duw a ŵyr pa bryd y cawn ni'r lle 'ma i drefn. Brwsh sgwrio a digon o ddŵr poeth sydd ei angen. Os oes 'ma drydan i gael dŵr poeth,' ychwanegodd mewn llais miniog.

Agorodd un o gypyrddau'r gegin a syllu i mewn iddo yn anghrediniol.

'Ylwch ar y cwpwrdd yma. Yn fregus ac yn llwch a baw i gyd. Dydi o ddim ffit!'

Sniffiodd i geisio cadw'r dagrau draw.

'Wnes i 'rioed feddwl y basen ni'n dod i hyn,' meddai'n drymaidd. 'A meddwl am y pethau oedd gen i gartre. Y llestri arbennig fûm i'n eu casglu ers blynyddoedd, y dodrefn, y celfi arian . . . i gyd wedi mynd.'

Pwysodd ar sil y ffenest a rhoi ei phen rhwng ei dwylo. 'Fedra i ddim mynd ymlaen. Na fedra wir. Mae popeth yn ormod.'

'Cerys.'

Roedd byd o boen yn llais ei thad. Estynnodd

law i'w dodi ar ysgwydd ei wraig, cyn ei thynnu'n ôl yn araf drachefn.

'Does gen i mo'r help,' meddai'n drymaidd.

'Oes. Oes, mae gen ti help,' gwaeddodd eu mam. 'Dy flerwch di sy wedi achosi hyn.'

Symudodd Lowri yn nes at ei brawd. Doedd hi ddim eisio iddyn nhw ffraeo. Doedd hi ddim eisio i'w thad deimlo mor euog. A doedd hi ddim eisio clywed yr atgasedd a'r beio yn llais ei mam chwaith. Wyddai hi ddim beth roedd hi eisio. Heblaw ei bod hi eisio gadael yr hen dŷ yma am byth, a chael ei bywyd hapus gynt yn ôl.

Ond dal i edrych drwy'r ffenest a wnâi Dan. Yn union fel pe na bai wedi clywed gair o'r ffraeo. Yna, trodd ar ei sawdl yn sydyn a chychwyn drwy'r drws. Anelodd am yr ardd.

Brysiodd Lowri ar ei ôl.

'Lle rwyt ti'n mynd?'

'Rywle.'

'Ond . . . lle'r awn ni?'

'Dydw i ddim wedi gofyn i chdi ddod.'

Brysiodd o'i blaen ar hyd y llwybr a diflannu i gyfeiriad sièd fregus yng nghhornel yr ardd.

'Dan!'

Chymerodd o ddim arno i'w chlywed. Gwylltiodd Lowri.

'Dos 'ta'r mwnci. Dwi ddim eisio chdi. Dydw i ddim eisio neb. Dwi'n eich casáu chi i gyd.'

Taflodd ei hun ar ei heistedd ar y gwelltglas crin. Ymledodd hunandosturi trwyddi. Doedd neb yn malio amdani hi. Felly, doedd hithau ddim am falio am neb chwaith. Cododd ddau fys. 'Hynna iddyn nhw,' meddai rhwng ei dannedd.

Llifodd y dagrau i'w llygaid. Yna rhewodd yn sydyn. Roedd sŵn llechwraidd rywle ar y dde iddi. Trodd i edrych. Doedd dim yno ond hen goeden afalau a'i gwreiddiau'n gwichian a symud yn ei henaint. Ond oedd yna symudiad araf wrth y bonyn? Yn union fel pe bai rhywbeth yn gwingo yn y glaswellt.

Byseddodd ofn oeraidd i fyny ei hasgwrn cefn. Be allai o fod? Cododd yn ansicr a syllu i'r cyfeiriad. Aderyn? Gwiwer? Camodd ymlaen yn araf a'i choesau'n crynu.

Doedd dim i'w weld. Dim. Cododd ei hysgwyddau a throi oddi yno gan wfftio ati hi ei hun. Ond rhewodd eilwaith wrth glywed cynhyrfiad llithrig rywsut y tu ôl iddi. Trodd a'i chalon yn ei gwddf a syllu'n anghrediniol ar y twll bychan a agorodd wrth y bonyn.

Sbonciodd yn ôl mewn dychryn wrth weld maint y twll yn cynyddu'n araf a'r pridd sych o'i amgylch yn treiglo'n araf i mewn iddo . . . ac yn *diflannu*!

'DAN!'

Roedd ei cheg yn sych grimp.

'Be sydd rŵan?' holodd Dan yn flin o gyfeiriad y sièd.

'Y . . . Yli!'

'Yli be?' atebodd yn fwy blin fyth.

'Y twll 'na! Mae o'n *tyfu*!'

Cerddodd Dan ati. Plygodd i syllu arno.

'Callia, wnei di,' wfftiodd yn siort gan droi ar ei sawdl yn bigog.

'Ond . . . y twll!'

Ond doedd Dan ddim yno i'w chlywed. Tybed ai camgymryd a wnaeth hi? Dychmygu? Syllodd yn ansicr i gyfeiriad y twll. Pam oedd o'n tyfu?

Doedd hi ddim eisio bod ar ei phen ei hun

24

bellach. Trodd ar ei sawdl a brysio'n ôl am y gegin. Mi fyddai ei rhieni yno, er eu bod nhw'n ffraeo.

Ond doedd fawr o gysur iddi yno chwaith. Roedd oerni hen ffraeo yn yr aer, a'r ddau yn brysur yn ceisio glanhau blynyddoedd o lwch a baw.

'Llenwa'r bwced 'na,' gorchmynnodd ei mam gan bwyntio at baced o Flash a chadach. 'Golcha y tu mewn i'r cypyrddau.'

Agorodd Lowri y tap. Tasgodd dŵr brown aflan ohono a saethodd ysgytwad fel daeargryn drwy'r peipiau.

'Iyc!' gwaeddodd.

Ochneidiodd ei mam.

'Gad iddo redeg am ychydig eto. Er, dwi wedi gwneud hynny droeon i ddim pwrpas. Dydi'r tŷ 'ma ddim ffit i fyw ynddo, a dyna'r gwir.'

Roedd y geiriau wedi'u hanelu at ei thad.

'Dim ffit,' meddai eto'n uchel.

Ochneidiodd yntau heb atal ei rwbio a'i sgwrio.

'Lle mae Dan?'

'Yn yr ardd.'

Miniogodd gwefusau ei mam wrth iddi wagio bwcedaid o ddŵr budr i'r sinc tsieni hen ffasiwn.

Safodd yno a'i chefn yn wargam am eiliadau hir. 'O, Glyn! Be wnawn ni?' ochneidiodd.

Yn sydyn, roedd y ddau ym mreichiau'i gilydd a dagrau ei mam yn llifo.

'Mi ddown ni i'r lan eto, mi gei di weld. Dim ond dros dro ydi hyn. Rydw i'n addo,' cysurodd ei thad.

Brathodd Lowri ei gwefus. Roedd hi'n teimlo'n annifyr yno wrth eu gweld yn cysuro'i gilydd. Trodd am y lobi gan adael y cwpwrdd heb ei lanhau. Safodd ar stepan y drws a syllu'n anfodlon styfnig i'r ardd.

Doedd hi ddim eisio dŵad i fyw yma. *Doedd hi ddim!*

4

Fe symudon nhw i mewn wythnos yn ddiweddarach. Roedden nhw wedi golchi a sgwrio am ddyddiau ac wedi cludo yr ychydig ddodrefn a adawyd gan y beilïaid i hanner llenwi rhai o'r ystafelloedd gwag. Ond er eu hymdrechion, arhosai arogl hen furiau a hen lwch yn y tŷ o hyd, a mynnai patrymau lleithder wthio'u ffordd drwy'r gôt ysgafn o baent a roddwyd ar y muriau. Ac er poethder yr haf, llechai oerni yn y corneli.

Doedden nhw ddim wedi ailwampio dim ar y llofft efo'r twll. Gormod o waith mynd ati, ddywedodd eu tad. A digon o lofftydd eraill i'w defnyddio.

Ochneidiodd Dan wrth edrych o gwmpas ei lofft o. Roedd ychydig o gelfi ei hen lofft ynddi, ond roedd desg ei gyfrifiadur yn wag. Ciciodd goes y bwrdd gwisgo yn anfodlon. Doedd o ddim yn agor ei geg i gwyno byth a hefyd fel Lowri, ond roedd o'n wyllt gacwn y tu mewn wrth gofio bod y beilïaid wedi meddiannu ei gyfrifiadur.

Ac er nad oedd o wedi cyfaddef hynny wrth Lowri, doedd yntau ddim yn teimlo'n hollol gyffyrddus yn yr hen dŷ yma chwaith. Deuai synau ysgafn, gwinglyd o'r muriau bob yn hyn a hyn, ac er iddo geisio ei berswadio'i hun mai llygod oedd yno, rywsut, doedd o ddim yn berffaith siŵr. Beth tasai Lowri yn iawn, a bod rhywbeth yn eu gwylio? Ond rwtsh fasai hynny, 'tê?

Clywodd lais Lowri o'r landin, ac ateb siort ei fam wedyn.

'Tria feddwl am rywun arall, da ti,' yn bigog. 'Yn lle cwyno a hel esgusion o hyd.'

Cododd Dan ei ysgwyddau yn ddiflas. Roedd wythnosau hir y gwyliau o'i flaen, ac yntau ymhell o'i ffrindiau, a heb ei gyfrifiadur. Gwgodd.

Camodd i'r landin ac ymlaen i lofft Lowri. Hanner gwenodd honno arno, er bod golwg guchiog ar ei hwyneb.

'Ddylwn i ddim cwyno,' meddai wrtho gan wneud ymdrech i'w chysuro'i hun. 'Ond be wnawn ni, Dan?'

Chwifiodd ei breichiau i gwmpasu popeth.

'Hen dŷ, hen lofft, hen bopeth,' ochneidiodd. 'A dydw i ddim yn lecio'r tŷ 'ma. Mae . . .'

Ataliodd ei hun yn sydyn a'i llygaid yn tyfu yn ei hwyneb.

'Glywaist ti o? Y symud 'na yn yr atig?'

'Llygod,' meddai Dan gan geisio ymddangos yn rhesymol.

Ond roedd yntau wedi clywed y symudiad dirgel hefyd. Fel pe bai rhywbeth yn hanner ymlusgo'n ysgafn uwchben.

'Llygod,' meddai eto gan geisio bod yn bendant.

Ond tybed oedd rhywun yn llechu yn yr atig? Y rhai hynny fu'n defnyddio'r sach gysgu pan oedd y tŷ yn wag? Efallai eu bod nhw yno o hyd. Ond fe ddringodd ei dad i'r atig y diwrnod cyntaf hwnnw, a dyfarnu nad oedd fawr iws ei defnyddio, on'do? Ac mi fasai wedi gweld olion, petai 'na rai.

'Ymm . . .' meddai'n gloff.

Llygod . . . neu rywun dirgel? Ond gwyrai ei feddwl o un i'r llall. Ond fedrai o ddim bodloni nes dringo i'r atig i weld drosto'i hun. Trodd am y landin.

'Lle rwyt ti'n mynd?' holodd Lowri'n ofnus. 'Nid i'r atig?'

'Ia,' meddai Dan. 'Gei di weld mai llygod sy 'na.'

Unwaith eto, ceisio darbwyllo'i hun roedd o.

'Na . . . Dan. Paid!' erfyniodd Lowri. 'Fedra i ddim diodda llygod!'

'Does dim eisio i ti ddŵad.'

'Nac oes . . . debyg.'

Ond er hynny, doedd hi ddim yn fodlon heb ei ddilyn at waelod y grisiau bychan cul a arweiniai i'r atig. Dringodd Dan nhw'n araf ddistaw. Rywsut, doedd o ddim eisio mynd, ond doedd o ddim am i Lowri feddwl ei fod yn llwfr chwaith. Safodd am eiliad yn wynebu'r drws ar y top. Yna, trodd y dwrn a phwyso yn ei erbyn i'w gilagor yn styfnig o wichlyd.

Gwrandawodd. Doedd dim smic i'w glywed yn y tywyllwch dudew y tu mewn. Ond tywyllwch gwlanog oeraidd oedd o rywsut, a gwaeddai ei nerfau fod rhywbeth yna . . . rhywbeth yn disgwyl amdano.

Craffodd i'r tywyllwch gan ofni gweld llygaid disglair yn serennu arno. Llygaid beth, wyddai o ddim. Ond doedd dim byd yno ond tywyllwch llychlyd a . . . a'r teimlad o ddisgwyl yn crafu i fyny ei asgwrn cefn.

Petrusodd yng nghil y drws agored. Doedd o ddim eisio camu ymhellach. Fedrai o ddim. Dyheai am gael troi'n ôl a dweud wrth Lowri nad oedd dim yno. Ond llwfr fyddai hynny. Ac erbyn hyn roedd Lowri hanner ffordd i fyny'r grisiau ato.

'Weli di rywbeth?' sibrydodd.

'Na wela siŵr,' meddai Dan yn bigog. 'Mae'n dywyll yna, tydi?'

'Oes 'na ddim swits?'

'O . . . oes.'

Sgwariodd Dan ei ysgwyddau. Gwthiodd y drws isel yn hollol agored a phalfalu am y swits. Goleuodd y bylb egwan llychlyd gan adael y corneli mewn cysgod.

'Does dim byd yma,' meddai Dan wedi un cipedrychiad sydyn.

Roedd Lowri'n dynn wrth ei sawdl er bod ei chorff yn iasoer gan ofn.

'Sbia'n iawn,' meddai'n grynedig o ddiogelwch y drws. 'Jest rhag ofn.'

Camodd Dan i mewn yn erbyn ei ewyllys. Llanwyd ei ffroenau ag arogl hen hen lwch . . . ac arogl rhywbeth arall hefyd. Ond fedrai o ddim penderfynu arogl beth. Rhywbeth . . . dieithr . . . annifyr. A doedd o ddim eisio aros yno i archwilio rhagor.

'Does dim byd yma,' cadarnhaodd eto.

'Wyt ti'n siŵr?'

'Ydw.'

'Tyrd o'na, 'ta,' sibrydodd Lowri heb lawn gredu.

Trodd Dan yn ddiolchgar am y drws. Ond wrth iddo droi, daeth ymlusgiad crafog, dirgel o'r mur ar y dde iddo.

'O!' ebychodd Lowri gan afael yn jîns ei brawd. 'Be sy 'na?'

'Wn i ddim,' sibrydodd Dan a'i geg yn sych sydyn.

Syllodd y ddau i gyfeiriad y sŵn. Dyna fo eto! Ymlusgiad crafog, dirgel ar y dde iddyn nhw.

Yna treiglodd ychydig o lwch plaster fel afon i lawr y mur gan adael twll bychan a chrac yn ymledu'n llinell hir igam-ogam ohono. Ac roedd symudiad araf y tu ôl i'r twll.

'D . . . Dan!' sibrydodd Lowri.

Fedrai Dan ddim symud am eiliadau hir. Roedd arno ormod o ofn. Roedd rhywbeth yn y mur. Rhywbeth cudd a hwnnw'n gwingo'n araf gan achosi i'r plaster gracio a disgyn yn llwch i lawr yr wyneb.

'O'ma!' gorchmynnodd Dan.

Crynai ei fysedd wrth iddo gydio yn Lowri a'i thynnu trwy ddrws yr atig. Caeodd y drws efo clep cyn i'r ddau frysio i lawr y grisiau.

'Oedd 'na rywbeth yna mewn difri?' holodd Lowri'n grynedig.

'Y . . . wn i ddim,' meddai Dan yn gloff.

Roedd o'n dechrau ailfeddwl erbyn hyn. Wrth gwrs, doedden nhw ddim wedi gweld symudiad yn y twll! Dychmygu'r cyfan wnaethon nhw am nad oedd y bylb yn goleuo'r atig yn iawn, a'r cysgodion yn ymddangos mor fygythiol. Ac fe fyddai hen blaster yn cracio'n llwch yn aml.

'Na, dychmygu wnaethon ni,' ceisiodd ei gysuro'i hun.

'Wel . . . rydw i am ddweud wrth Mam a Dad,' meddai Lowri. 'Mi welais *i* rywbeth.'

Ond wfftio wnaeth eu rhieni.

'Ylwch! Mae ganddon ni ddigon i boeni amdano heb ryw stori ddychmygol ganddoch chi'ch dau,' meddai eu mam.

'Plîs . . . Dad. Mi welson ni rywbeth,' erfyniodd Lowri.

'Yy . . . wn i ddim,' meddai Dan yn gloff. 'Efallai . . .'

Brathodd ei wefus wrth i Lowri roi penelin egr yn ei ochr.

'Mi welaist ti hefyd,' hisiodd.

Yn y diwedd, gafaelodd eu tad mewn fflachlamp a dringo i'r atig. Gwrandawodd Lowri a Dan ar sŵn ei draed yn dringo'r grisiau coed, ac ar sŵn gwichlyd y drws yn agor wedyn. Distawrwydd . . . yna daeth rhes o lwon dig.

'Www . . . Be sydd yna?' sibrydodd Lowri gan afael yn dynn ym mraich Dan.

Daeth eu tad i lawr a'i wyneb yn gynddeiriog.

'Y golau wedi'i adael arnodd, dyna beth oedd yna,' meddai'n frathog. 'Mae arian yn ddigon prin heb i chi wastraffu. Dallt?'

Eisteddodd a gafael yn ei bapur. Trodd i ddudalennau'r swyddi gwag heb ddweud gair arall.

Syllodd Dan a Lowri ar ei gilydd yn y llofft yn ddiweddarach. Oedden nhw wedi gweld symudiad mewn difri?

'Do,' meddai Lowri'n grynedig.

'Efallai . . . wel . . . do,' meddai Dan.

Ond symudiad beth?

Disgynnodd plaster yn afon fechan lychlyd o'r twll wrth i fywyd newydd ailgydio ynddo unwaith eto. Ailddeffrôdd y gnofa o'i du mewn; cerddodd ei gorff wrth iddo flasu'r wledd i ddod.

5

'Wnei di adael drws dy lofft ar agor?' gofynnodd Lowri yn ofnus y noson honno. 'Ac mi wna inna 'run peth.'

'Os wyt ti eisio,' cytunodd Dan. 'Ond mae'r lle 'ma'n iawn, ysti. Jest hen ydi o.'

'Ia . . . debyg,' meddai Lowri yn wantan.

Ond doedd hi ddim wedi'i hargyhoeddi.

Aeth i'w gwely. Ond fedrai hi ddim meddwl am ddiffodd y golau er nad oedd wedi nosi'n iawn eto. Beth tasai rhywbeth yn llechu yn y tywyllwch ganol nos a hithau'n cysgu'n sownd? Aeth ias drwyddi wrth ddychmygu'r fath beth.

Gorweddodd yno yn gwrando ar leisiau isel ei rhieni o'r lolfa. Roedd yna gysur yn y sŵn. Cysur fel erstalwm . . . pan oedd hi'n eneth fach ac ofn bod rhywbeth yn llechu o dan y gwely neu yn y wardrob.

Ailosododd ei hun o dan y dillad a cheisio cysgu. Ond roedd drws ei llofft yn agored, a'r landin yn tywyllu fwyfwy y tu arall, a mân synau a siffrwd a gwingo ymhob man.

Synau hen dŷ, ddywedodd Dan, fe'i cysurodd ei hun. Mae 'na synau mewn hen dŷ. Mae pawb yn dweud. Ond doedd hynny ddim yn gysur chwaith. Yn enwedig a'r landin mor dywyll. Fel bol buwch o dywyll. Rhyfedd hynny hefyd, a hithau'n noson o haf ac yn hwyr yn tywyllu bob amser.

Roedd yn rhaid iddi roi golau'r landin ymlaen, er ei bod hi'n chwys domen wrth feddwl am godi o'r gwely a mentro i gyfeiriad tywyllwch y landin. Cododd a'i chalon yn curo. Oooo! Ebychodd wrth roi ei throed ar y llawr pren moel. Roedd o fel rhew! Treiddiai'r oerni i fyny at ei phengliniau gan achosi i'w bodiau gordeddu'n grepach. Ond eto, eiliad yn ôl, roedden nhw'n chwilboeth yn y gwely. Crynodd ei dannedd.

Mentrodd i gyfeiriad y landin a'r oerni'n cyrraedd at ei chluniau. Teimlai'n fwy a mwy petrus gyda phob cam. Ond doedd angen iddi wneud dim ond galw ar ei brawd, ac fe fyddai popeth yn iawn. Yn byddai?

Estynnodd ei bysedd crynedig i'r tywyllwch oeraidd rownd cornel y drws a phwyso ar y swits. Sbonciodd golau melyn cyfarwydd i oleuo gwacter y landin. Dim. Doedd dim yna. Ymlaciodd ychydig, ond trawyd hi gan ofn iasoer unwaith eto a rhuthrodd yn ôl am y gwely. Claddodd ei hun o dan y dillad a'i chalon yn ei gwddf.

'Wyt ti'n iawn?' gofynnodd llais cysglyd Dan o'r landin.

Ymddangosodd ei brawd yn y drws. Roedd golwg hanner cysgu arno a'i wallt yn bigau afreolus ar ei ben. Rhwbiodd drwmgwsg o'i lygaid

'Wyt . . . ti'n . . . iawn?' holodd eto gan ddylyfu gên.

Yn sydyn, teimlai Lowri yn wyllt gacwn.

'Sut alli di gysgu mor fuan yn yr hen le 'ma? Newydd fynd i'r gwely ydan ni. Dydw i ddim wedi cysgu winc. Ofn.'

Rhwbiodd Dan lygaid cysglyd unwaith eto.

'W . . . wn i dd . . . im,' meddai gan ddylyfu

gên enfawr a phwyso'n wantan rywsut ar ochr y drws. 'Syrthio i'r gwely a chofio dim wedyn.'

'Ond . . .' cychwynnodd Lowri.

Yna syllodd yn anghrediniol i'w gyfeiriad. Roedd ei brawd yn llithro i lawr yn araf a'i gefn ar bostyn y drws . . . yn is ac yn is nes iddo lanio ar ei eistedd ar lawr. Yr eiliad nesaf, roedd yn cysgu'n sownd.

'Dan! Dan! Be sy'n bod arnat ti?'

Neidiodd o'r gwely a brysio ato. Ysgydwodd ef yn frawychus.

'Dan!'

'Y . . . y . . . be?'

'Deffra. Be sydd arnat ti?'

'E . . . eisio cy . . . ysgu,' mwmbliodd Dan. 'Wedi bl . . . ino. Yn ofnadwy.'

Caeodd ei lygaid eto a syrthiodd ei ben ar ei frest.

Daeth eu rhieni i fyny'r grisiau.

'Pam mae golau'r landin ymlaen?' holodd ei thad yn ddig. 'Gwastraffu arian a hithau heb dywyllu.'

Syllodd ar Dan mewn penbleth.

'Be mae Dan yn ei wneud yma?'

Duodd ei wyneb.

'Ylwch y'ch dau, nid rŵan ydi'r amser i chwarae triciau gwirion. Mae ganddon ni ddigon i boeni amdano.'

'Dan!' gorchmynnodd. 'Cod a dos i dy wely. Ar unwaith, Dan.'

'Y . . . yy . . . yy!'

Cododd Dan yn drwstan a'i lygaid ar gau. Safodd yno'n simsanu o un ochr i'r llall.

'Ydi o'n feddw?' holodd eu mam yn boenus. 'Neu . . . o be wnawn ni . . . ar gyffuriau?'

'Nac ydi, wrth gwrs,' sgyrnygodd eu tad. 'Chwarae'n wirion mae o.'

Gafaelodd yng ngwar Dan a'i arwain yn sypyn heglog i'w lofft. Dympiodd ef ar y gwely.

'Aros yna, a gobeithio'r nefoedd y byddi di wedi callio erbyn y bore,' meddai'n ddig.

'A dos ditha i dy wely, Lowri,' meddai yr un mor ddig. 'Rydw i wedi cael llond bol ar driciau'r ddau ohonoch chi. Synau yma a synau acw wir. Rhywbeth i wneud bywydau eich mam a minnau'n ddiflas ydi hyn. A ninnau'n trio gwneud y gorau o'r gwaethaf yn yr hen dŷ 'ma.'

'Ond . . . Dad . . .'

40

'Dyna ddigon,' oedd ei ymateb brathog.

Diffoddodd ei thad y golau a diflannu gyda'i mam i'w llofft.

Swatiodd Lowri o dan y dillad mewn penbleth. Pam oedd Dan wedi disgyn i gysgu mor sydyn? A pham oedd o mor flinedig ac yn methu â deffro'n iawn? Crynodd o dan y dillad. Roedd rhywbeth o'i le yma. Ond wyddai hi ddim beth.

Suddodd i drwmgwsg o'r diwedd. Trwmgwsg lle roedd muriau'n symud ac yn cracio, a lle roedd plaster yn disgyn yn afonydd llychlyd o'i chwmpas. A lle roedd Dan yn erfyn am ei chymorth. Trodd o ochr i ochr a'r dillad yn sownd i'w chorff. Deffrodd unwaith eto.

Gorweddai'r tywyllwch ganol nos yn flanced wlanog oeraidd yn y llofft. Clywodd symudiad llechwraidd a threiglad ysgafn plaster rywle yn ymyl a lledodd chwys ofn yn afon drosti unwaith eto.

Estynnodd am y lamp fach wrth ochr y gwely a phwyso ar y swits i oleuo'r ystafell. Craffodd ei llygaid o gwmpas y llofft. Ond roedd popeth yn dawel. Dim symudiad. Dim treiglad llwch plaster. Dim.

DAN! Oedd ei brawd yn iawn? Er ei hofn, cododd o'r gwely a throedio'n ddistaw at ddrws y llofft. Agorodd y drws. Treiddiai golau ei llofft hyd at ddrws caeedig ei brawd. Wrth gwrs ei fod o'n iawn, ceisiodd ei ddarbwyllo'i hun. Ond . . . ond . . . beth tasai o ddim?

Mentrodd at y drws. Trodd y dwrn yn ddistaw wyliadwrus.

'Dan!' sibrydodd.

Dim ateb.

'Dan!' meddai'n uwch.

Pwysodd ar swits y golau a rhoddodd ebychiad diolchgar wrth weld ei siâp o dan y dillad. Roedd o'n cysgu. Dyna ffŵl fu hi'n cael dychmygion gwirion. Wedi blino roedd o, a dim arall.

Trodd yn ôl am ei llofft. Diffoddodd y golau a swatio'n ôl o dan y dillad. Yn fuan . . . cysgodd.

Llonyddodd y 'Fo' yn y mur. Roedd blas y cynnwrf a'r dwrdio a'r ofn yn lledu'n gosfa egnïol trwy ei gorff. Y blas cyntaf . . . ac roedd digon i ddod eto.

6

'Gobeithio na fydd rhagor o gwyno ganddoch chi'ch dau,' meddai'u tad fore trannoeth gan godi oddi wrth y bwrdd yn fwriadol. 'Mae'n amser imi gychwyn, Cerys.'

'Ydi,' oedd ateb siort eu mam.

Edrychodd Lowri a Dan ar ei gilydd heb ddweud gair. Roedd y tensiwn rhwng eu rhieni yn amlwg.

'Lle 'dach chi'n mynd?' mentrodd Lowri.

Ceisiodd ei thad wenu'n galonnog.

'I'r Ganolfan Waith,' meddai. 'Fydda i fawr o dro cyn cael gwaith. Ac wedyn,' taflodd gipolwg i gyfeiriad ei wraig, 'mi gawn ninnau gefnu ar bopeth sydd wedi digwydd inni . . .'

Ddywedodd eu mam 'run gair.

'Wyt ti am ddymuno pob lwc imi, Cerys?' holodd eu tad yn ddistaw.

Cododd eu mam ei hysgwyddau'n anfoddog, a chanolbwyntio ar olchi'r llestri. 'Wrth gwrs,' meddai hi heb fawr o argyhoeddiad yn ei llais.

Neidiodd Lowri ar ei thraed.

'Pob lwc, Dad,' meddai gan daflu ei breichiau am ei wddf a rhoi cusan glec iddo fel y byddai hi'n ei wneud erstalwm.

Tynhaodd breichiau ei thad amdani am eiliad cyn iddo droi am y lobi. Swniai ei draed yn ddigalon rywsut ar y teils noeth.

'Ooo!' ochneidiodd eu mam rhwng diflastod a gwên.

Gollyngodd y cadach llestri i'r dŵr a brysio am y lobi. Clustfeiniodd Lowri a Dan ar eu lleisiau yn codi a gostwng wrth ddrws y ffrynt. Ai ffraeo ynteu cymodi roedden nhw?

Yna caeodd drws y ffrynt yn ddistaw a dychwelodd eu mam i'r gegin.

'A gobeithio nad ydach chi'ch dau am loetran o gwmpas y lle 'ma,' sylwodd yn flin. 'O dan draed o hyd.'

'Sgin i ddim i'w wneud,' grwgnachodd Lowri. 'Nabod neb, nac'dw?'

'Bendith tad iti, cod dy ben-ôl oddi ar y

gadair 'na a dos i wneud rhywbeth,' meddai'i mam a'i llais yn codi. 'A chditha, Dan.'

'Eisio help, Mam?' cynigiodd Lowri yn erbyn ei hewyllys.

'Dim ond llonydd,' oedd yr ateb mewn llais-cyrraedd-pen-ei-thennyn.

Edrychodd Lowri a Dan ar ei gilydd, cyn codi'n frysiog ac anelu am yr ardd.

'Gysgaist ti?' holodd Dan.

'Naddo,' meddai Lowri a'r cryndod yn llechu y tu ôl i'w llais. 'Ond mi wnest di, o'n do? Fel mochyn!'

'Do, am wn i.'

'Am wn i! Wyt ti ddim yn cofio Dad yn mynd â chdi yn ôl i dy wely. Roedd o wedi gwylltio'n gacwn.'

Edrychodd Dan yn hurt arni.

'Am be?'

'Am dy fod ti'n eistedd ar dy ben-ôl ar lawr ac yn cysgu'n sownd.'

''Rioed. Mi faswn i'n cofio.'

'Roeddet ti'n methu deffro.'

Ond ysgwyd ei ben heb goelio gair ddaru

Dan. Safodd y ddau ar lwybr llawn chwyn yr ardd ffrynt.

'Dydw i ddim yn lecio 'ma,' meddai Lowri gan gicio blaen ei throed yn erbyn tusw afreolus. 'Hen bryd i Dad gael gwaith inni gael symud o'ma i rywle arall.'

'Chwarae teg, mi wnaiff drio ei orau,' meddai Dan.

Ond roedd ei lais a'i feddwl yn bell. Rhyfedd i Lowri daeru ei fod yn methu deffro, a bod Dad wedi mynd â fo'n ôl i'r gwely. Mi ddylai gofio peth felly, yn dylai? Ond y cwbl fedrai o gofio oedd teimlo'n flinedig ofnadwy wedi cyrraedd ei lofft. Yn rhy flinedig i ddim ond i dynnu ei ddillad a disgyn ar y gwely. Ac wedyn . . . dim.

Wel na: cofiodd iddo freuddwydio holi Lowri a oedd hi'n iawn. Doedd o ddim yn cofio pam y gwnaeth o hynny chwaith.

Trodd i edrych ar yr hen dŷ. Disgleiriai haul y bore ar ei furiau moel. Edrychai'n dawel ddigyffro fel pe bai dim yn aflonyddu ei furiau cadarn. Ond eto . . . ? Roedd rhywbeth anghysurus yng nghefn ei feddwl wrth gofio

am neithiwr. Wedi blino. Eisio cysgu. Rhywbeth
. . . wyddai o ddim be.

Yn sydyn, roedd arno angen mynd yn bell
bell o'r tŷ. Trodd ar ei sawdl a chychwyn am y
gât.

'Lle rwyt ti'n mynd?' holodd Lowri gan afael
yn ei fraich i'w atal.

'Dim o dy fusnes di,' meddai'n chwyrn gan ei
hysgwyddo o'r ffordd.

'Dim eisio bod fel'na,' meddai Lowri a'i
llygaid yn llawn dagrau.

Ond brysiodd Dan drwy'r gât ac allan i'r
stryd gan anwybyddu'i llais. Cychwynnodd yn
frysiog ar hyd y palmant.

Yn sydyn roedd ei feddwl yn llawn atgasedd.
Lowri fusneslyd! Doedd ganddi ddim hawl i
holi a stwyrian o'i gwmpas. Doedd dim hawl
gan neb arall chwaith. Roedd o'n wyllt gandryll
tuag at bawb a phopeth.

*Ystwyriodd y 'Fo' yng nghrombil y tŷ.
Teimladau blasus!*

7

Wrth i Dan bellhau o'r tŷ, fe giliodd yr atgasedd at bawb. Wrth gwrs, doedd o ddim yn casáu Lowri . . . na'i rieni chwaith. Jest teimlo'n ddiflas am bopeth roedd o. Diflas wrth feddwl am orfod symud tŷ . . . am orfod gadael ei ffrindiau . . . ac am orfod colli ei gyfrifiadur. A rywsut, fe deimlai'n waeth pan oedd o yn yr hen dŷ. Fel pe bai popeth yn corddi o'i mewn er ei waethaf, ac yn barod i ffrwydro. Ond doedd o ddim yn dangos hynny i neb. Dim ond teimlo a chasáu, a chadw popeth o'i mewn.

Safodd ar y palmant ac edrych i'r chwith ac i'r dde. Doedd dim i'w weld ond stryd wag a gât ar ôl gât yn arwain at dai hanner-cuddiedig y tu ôl i wrychoedd uchel, trwchus. Brysiodd ymlaen heb falio am lais Lowri yn galw arno yn y pellter.

Safodd o'r diwedd ac edrych yn ôl. Doedd dim golwg o'i chwaer. Eitha peth, meddyliodd. Dydw i ddim am fod efo hi.

Cerddodd ymlaen nes cyrraedd rhes o siopau o amgylch y safleodd bysiau. Symudodd linc-di-lonc gan sbecian i ambell ffenest nes cyrraedd caffi. Petrusodd a phalfalu yn ei boced. Oedd, roedd ganddo ychydig arian. Jest digon i brynu Coke a chael seibiant i bendroni dros ddiflastod ei fywyd.

Cerddodd i mewn a sefyll wrth y cownter.

'Dwy funud,' galwodd llais anweledig.

Cododd lleisiau ffyrnig rywle o'r cefn.

'Un pâr o ddwylo sydd gen i. Dallt?'

'Pam na faset ti'n hysbysebu'n gynt, 'ta? Dwi wedi deud droeon.'

'Ond does neb i'w gael . . .'

Ysgubwyd y llen plastig a guddiai'r drws i'r cefn o'r neilltu a daeth dyn ieuanc bochgoch drwyddo.

'Be gymri di?' holodd.

'Coke, plîs.'

Trodd Dan i edrych ar y caffi gwag. Does dim llawer o fusnes yma, meddyliodd. Wn i ddim pam maen nhw eisio staff. Saethodd syniad i'w ben. Mi fyddai'n rhywbeth i'w wneud, yn byddai? Rhywbeth i ddianc o'r hen dŷ a checru ei dad a'i fam . . . a Lowri'n swnian arno o hyd. Cliriodd ei wddf wrth estyn i dalu.

''Dach chi'n chwilio am staff?'

'Ar fy ngliniau bron,' oedd yr ateb.

Craffodd y dyn arno am eiliad.

'Eisio joban, wyt ti?'

'Ella. Gwneud be?' holodd Dan.

Doedd o ddim yn ffansïo serfio mewn caffi. Ond eto? Pam lai? Unrhyw beth i ddianc o'r tŷ.

'Helpu. Yn y gegin, ac yn y caffi. Rywle lle bo angen.'

'We . . . el . . .'

'Yli. Coke am ddim inni gael trafod.'

Eisteddodd y ddau wrth un o'r byrddau.

'Golchi llestri . . . serfio . . . rywbeth fydd ei angen,' meddai'r dyn eto. 'Yli . . . Steffan ydw i. Steffan Roberts. Steff i fy ffrindiau. A fy mhartner, Meri, yn y cefn 'na.'

Trodd ei ben i gyfeiriad y cefn a bloeddio.

'ME-RI!'

Ymddangosodd pen ac ysgwyddau dynas ifanc drwy'r llen plastig.

'Be sy rŵan?' holodd gan aildrefnu ei chap coginio a golwg ddiflas ar ei hwyneb.

'Ateb i'n gweddi, Meri. Gobeithio.'

Trodd at Dan.

'Beth amdani? Yli . . . mi dalwn ni'n dda.'

'Rhan amser?'

'Ia.'

Roedd Dan yn lecio'r syniad fwyfwy.

'Ydach chi'n siŵr eich bod chi eisio rhywun?' holodd gan edrych ar y byrddau gweigion.

Ond yr eiliad honno agorodd y drws a cherddodd fflud o gwsmeriaid llwythog i mewn. Yn fuan roedd ciw wrth y cownter a Steff a Meri yn paratoi coffi a phaneidiau te fel pe bai'r byd ar ben.

'Paned i ddisgwyl bysiau,' eglurodd Steff. 'Wyt ti'n gêm?'

'Iawn, ta,' meddyliodd Dan gan baratoi i helpu.

Bu'n dri chwarter awr brysur. Ond ar y

diwedd fe deimlai Dan ei fod yno ers cantoedd. Roedd yn well o lawer na bod yng nghwmni ei fam a Lowri yn y tŷ.

'Nid bod y cwsmeriaid yma'n hawdd eu trin bob tro, cofia,' rhybuddiodd Steff pan ddaeth y pwl prysur i ben. 'Rhai ohonyn nhw'n rêl cythreuliaid. Rŵan, tyrd inni drafod oriau a chyflog.'

'Pa mor agos wyt ti'n byw?' holodd Meri.

'Stryd Siarl. "Cartref" ydi enw'r tŷ.'

'"Cartref," synfyfyriodd Meri. 'Yn fan'no roedd yr hen Ann Tomos yn byw, 'tê, Steff?'

'Ia. Mi fyddai'n galw am baned cyn mynd adre bob dydd bron. Colled ar ei hôl hi,' oedd yr ateb. 'Mi benderfynodd adael yn hynod o sydyn.'

Yn sydyn, teimlodd Dan yn annifyr iawn.

'Ddywedodd hi . . . pam?' holodd.

'Diar, naddo,' meddai Meri. 'Y lle yn rhy fawr iddi, am wn i.'

'Ia . . . debyg,' cytunodd Dan er bod amheuaeth yn cildroi yn ei feddwl.

Aeth adre a'i feddwl yn llawn cwestiynau.

Pam oedd Modryb Ann ei dad wedi penderfynu gadael mor sydyn? A pham gadael y tŷ heb ei werthu am yr holl flynyddoedd?

8

Roedd Lowri'n eistedd yn guchiog yn yr ardd pan gyrhaeddodd yn ôl.

'Lle goblyn buost ti?'

'Wedi cael job. Mewn caffi.'

'Wnest ti ddim dweud dy fod ti'n chwilio.'

Cododd llais Lowri. Doedd o ddim yn deg. Ei gadael hi i gicio'i sodlau yn yr ardd am oriau, a chael *job*! Byddai oriau hirion ganddi ar ei phen ei hun rŵan.

'Does gen i ddim i'w wneud chwaith,' meddai Lowri'n fwy cuchiog fyth.

'Arnat ti mae'r bai am hynny. Pam na faset ti'n helpu Mam, 'ta?'

'Dydw i ddim eisio mynd 'nôl i'r tŷ, dallta. A dydw i ddim yn lecio yn yr ardd 'ma chwaith.'

'Mae'r ardd yn iawn.'

'Nac ydi. Sylwaist ti. Does 'na'r un aderyn yma. Dim byd byw.'

'Twt lol. Wrth gwrs bod 'na.'

'Gwranda, 'ta. Glywi di aderyn yn canu . . . neu'n symud . . . neu rywbeth?'

'Jest cyd-ddigwyddiad a . . .' cychwynnodd Dan gan geisio egluro i'w blesio'i hun a Lowri.

Ond rywsut, roedd yn anodd egluro. Roedd Lowri'n iawn. Doedd yna ddim byd byw yn yr ardd. Dim aderyn yn twitian na hyd yn oed yn hedfan uwchben.

'Yli . . . rydw i'n eistedd yma drwy'r pnawn – a does dim byd byw yma.'

Cododd Dan ei ysgwyddau'n anfodlon, ond yn annifyr hefyd. Cofiodd eiriau Steffan a Meri yn y caffi. Modryb Ann wedi gadael yn sydyn ofnadwy, dyna ddywedson nhw. Ond doedd o ddim am grybwyll hynny wrth Lowri. Wnâi hi ddim ond hel rhagor o amheuon.

'Tyrd,' meddai'n ffwrbwt gan gychwyn am y tŷ.

Cerddodd y ddau yn dawedog i'r tŷ.

'Mam . . .?'

Safodd y ddau yn stond yn nrws y gegin.

55

Roedd eu mam yn hanner gorwedd yn y gadair gan bwyso ei phen a'i breichiau ar y bwrdd.

Edrychodd y ddau yn syn arni am eiliad. Yna gwenodd Dan.

'Mam yn cysgu! Yn y pnawn!'

Dim ateb.

'Fydd Mam byth yn cysgu yn y pnawn,' meddai Lowri yn sydyn ofnus.

'MAM!'

Dim ateb.

'MAM!' gwaeddodd Lowri'n wyllt eto. 'DEFFRWCH!'

Doedd dim ymateb.

Rhedodd Lowri ymlaen a gafael ynddi. Ysgydwodd hi'n wyllt.

'MAM! MAM!'

'B-be?'

Agorodd eu mam ei llygaid fel pe bai mewn breuddwyd.

'B-be sy?'

Roedd ei llais yn araf ac yn wantan.

'Roeddech chi'n cysgu . . . ac yn 'cau deffro. Ydach chi'n sal?'

Syllodd y ddau yn ofidus arni.

'Sa-âl? N-na,' oedd yr ateb dryslyd. 'Dim on-nd . . .'

Rhwbiodd law flinedig dros ei thalcen.

'W-wedi b-blino.'

Gogwyddodd ei phen yn araf yn ôl at y bwrdd. Caeodd ei llygaid unwaith eto.

'Ond . . . MAM!'

Edrychodd y ddau yn frawychus ar ei gilydd. Beth oedd yn bod arni? Ysgydwodd y ddau hi eto. Ond roedd yn dal i gysgu.

Dechreuodd Lowri grio.

'O, Dan! Mae hi'n sâl, siŵr o fod. A lle mae Dad? Be wnawn ni?'

Trodd y ddau wrth glywed clep drws y ffrynt a sŵn traed eu tad ar deils moel y lobi.

'Dad! DAD! Mae Mam yn sâl. Mae hi'n 'cau deffro!'

Brysiodd eu tad at y bwrdd a golwg wedi dychryn ar ei wyneb.

'Cerys! Cerys! Be sydd?'

Hanner agorodd eu mam ei llygaid unwaith eto. Roedd fel pe bai eu hagor yn ormod iddi.

'Glyn? Y t-ti sy 'n-na?'

Diflannodd ei llais yn ddim bron.

'Ia. Wyt ti ddim yn teimlo'n dda? Tyrd. Mi a' i â chdi i'r gwely. Mi fyddi'n teimlo'n well wedyn.'

'W-wedi b-blino,' ebychodd y llais gwantan. 'B-blin-o.'

Gafaelodd eu tad o dan ei cheseiliau a chodi ei wraig ar ei thraed. Hanner-cariodd hi i gyfeiriad y grisiau.

'Rhoswch chi'ch dau yn fan'na,' gorchmyn-nodd.

Edrychodd Dan a Lowri yn frawychus ar ei gilydd. Tybed a oedd eu mam yn sâl o ddifri? Fyddai angen iddi fynd i'r ysbyty?

Disgynnodd distawrwydd ar y gegin wrth i'r ddau edrych yn sobr ar ei gilydd. Distawrwydd . . . dwfn . . . oeraidd rywsut.

Daeth siffrwd llechwraidd o gongl bellaf y gegin. Fel pe bai rhywbeth yn symud yn ddirgel ofalus ar hyd y llawr.

'DAN!'

Baglodd llais Lowri yn ei gwddf wrth iddi neidio i wynebu'r gongl.

'D-Da-an!' sibrydodd wrth iddi weld

rhywbeth annelwig yn diflannu'n sydyn o dan y sgertin.

Sgrechiodd Lowri eto ac eto. Cydiodd ym mraich ei brawd.

'Welaist ti o?' holodd drwy wefusau sych.

'Yn lle?' holodd Dan yn ddryslyd.

'Yn y gongl.'

Aeth ias drwyddi.

'Rhywbeth, wn i ddim be . . . symudiad!'

'We-el . . .'

'Ond roedd rhywbeth yna.'

Rhuthrodd eu tad i lawr y grisiau.

'Be sy rŵan?'

'Gweld rh-rhywbeth wrth y sgertin.'

'Mae gen i ddigon i boeni amdano heb y dwli gwirion 'ma. Rhag dy gywilydd di, a dy fam ddim yn dda. Gwna baned iddi, Lowri. Ar unwaith!'

'Ond . . .'

'Dim rhagor!' oedd y gorchymyn brathog.

Trodd ar ei sawdl a brasgamu i fyny'r grisiau unwaith eto.

'Mi welais i rywbeth . . .' sibrydodd Lowri a'i llygaid yn enfawr yn ei hwyneb gwelw.

Trodd Dan i lygadu'r gornel. Oedd Lowri wedi gweld rhywbeth o ddifri? Doedd dim i'w weld yno rŵan. Ond eto doedd arno ddim awydd mynd yn nes i edrych yn iawn.

9

Tri tawedog a eisteddai wrth fwrdd y gegin y noson honno. Roedd eu tad yn poeni am ei wraig; roedd Dan yn ceisio pwyso ac ailbwyso popeth a ddigwyddodd, ac roedd Lowri'n llygadu'r gongl o gil ei llygaid bob yn ail eiliad.

'Rhaid i'ch mam aros yn ei gwely fory,' meddai'u tad yn drymaidd o'r diwedd. 'Mae'r holl symud a'r halibalŵ 'ma wedi bod yn ormod iddi.'

Ochneidiodd wrtho'i hun. 'Y beilïaid, a cholli ei hoff bethau, ac yna cyflwr yr hen dŷ 'ma. A minnau heb waith.'

Ochneidiodd eto. 'Wedi gwneud gormod mae hi. Gweithio'n rhy galed i llnau a chaboli i wneud cartre cyfforddus inni.'

Llygadodd Dan a Lowri ei gilydd.

'Dyna pam mae'n rhaid i chi'ch dau helpu a gwneud pethau'n esmwythach i'ch mam.'

'Ond fedra i ddim,' meddai Dan. 'Dwi wedi cael job. Yn y caffi yn y sgwâr.'

Edrychodd ei dad arno am eiliad hir cyn troi at Lowri.

'Y chdi 'ta Lowri!' gorchmynnodd. 'Rhaid i rywun ofalu ei bod hi'n cael tendans am ddiwrnod neu ddau. Jest iddi gael seibiant.'

'Ond dydw i ddim . . .' cychwynnodd Lowri.

'Ddim be?' holodd ei thad yn finiog. 'Mae'n well gen ti gicio dy sodlau a disgwyl i bawb dendio arnat ti, debyg.'

'Na . . . ond . . .'

Pa iws trio egluro wrth ei thad. Fyddai o ddim yn coelio p'run bynnag. Doedd neb yn coelio. Doedd Dan ddim chwaith. Er iddi drio egluro beth welodd hi . . . a sut roedd hi'n teimlo . . . a bod arni ofn . . . a'i bod hi'n gwybod bod *rhywbeth* yn yr hen dŷ 'ma. Rhywbeth i'w ofni.

Yn rhyfedd iawn, fe gysgodd hi'r noson honno heb ddeffro unwaith i boeni a chlustfeinio ar dywyllwch a synau od yr hen dŷ. A phan ddeffrodd, roedd ei phen fel meipen a'i llygaid yn mynnu gwrthod agor i wynebu diwrnod arall.

''Run fath yn union â Mam a Dan,' meddyliodd yn gysglyd. 'Methu deffro.'

Ond roedd ei thad wedi codi ers meitin, ac yn galw arni i fynd â brecwast i'w mam. A chlywodd lais Dan yn ffarwelio o ddrws y ffrynt ac yn dweud ei fod yn mynd am y caffi.

Cododd yn anfodlon a'i choesau'n wantan anghyfarwydd. Roedden nhw'n teimlo'n drwm ac yn anystwyth wrth iddi ymlwybro o'i gwely a cheisio gwisgo amdani.

'Lle buost ti mor hir?' holodd ei thad wedi iddi gyrraedd y gegin o'r diwedd. 'A tria ddeffro, wir.'

'Sut ma' Mam?' holodd Lowri.

'Dal wedi blino,' oedd yr ateb brysiog.

Estynnodd ei siaced ysgafn a pharatoi i gychwyn.

'Lle 'dach chi'n mynd?' holodd Lowri a'i chalon yn syrthio i'w threinyrs. ''Dach chi ddim yn mynd o'ma?'

'Lowri,' oedd yr ateb. 'Ti'n gwybod yn iawn bod rhaid imi gael gwaith yn rhywle. A heb fynd allan i chwilio, does 'na ddim gobaith.'

'O Dad! Sori.'

Ond doedd hi ddim eisio iddo fynd. Fyddai yna neb ond y hi a'i mam yno wedyn. A doedd ganddyn nhw ddim ffôn i gysylltu efo neb chwaith. Efo'i hen gyfeillion . . . na theulu . . . na dim. Llyncodd boer annifyr wrth gofio.

'Fyddwch chi ddim yn hir, yn na fyddwch?' holodd yn obeithiol gan ei ddilyn at ddrws y ffrynt.

'Wn i ddim,' oedd yr ateb trymaidd. 'Ond gofala am dy fam. A phaid â gadael iddi godi.'

Gwyliodd Lowri ei thad yn diflannu drwy'r gât fach i'r stryd cyn iddi droi am y gegin.

Gwnaeth dôst a phaned i'w mam a'i gario'n ofalus i fyny'r grisiau.

'Brecwast, Mam,' galwodd gan agor y drws efo'i throed a cherdded i'r llofft.

Gorweddai ei mam o dan y dillad heb gymryd sylw. Brawychodd Lowri.

'Mam! 'Dach chi'n olreit?'

'Yyy-yy?'

Symudodd ei mam yn araf o dan y dillad, cyn

codi ar ei heistedd yn drwsgl a hanner gwenu arni.

'Ydw siŵr,' meddai mewn llais gwannaidd. 'Jest wedi blino.'

'Brecwast, ylwch,' meddai Lowri. 'Bwytwch o cyn iddo oeri.'

'Ia,' meddai'i mam gan syllu drwy lygaid hanner-agored ar yr hambwrdd o'i blaen. 'Dim llawer o eisio bwyd, ysti.'

'Ond . . . trïwch.'

'Ia.'

Gwyliodd Lowri ei mam yn cnoi'n araf llesg. Un darn o dôst gymerodd hi cyn llithro'n ôl o dan y dillad a chau ei llygaid unwaith eto.

Safodd Lowri am ychydig i'w gwylio. Yna gafaelodd yn yr hambwrdd a dringo'n ôl i'r gegin a'i meddwl yn troi. Pam oedd Mam gymaint o eisio cysgu? Pam oedd hi wedi blino cymaint? A pham roedd hithau'n teimlo fel pe bai pob cam yn faich iddi?

Golchodd y llestri brecwast. Efallai y dylai ddringo'n ôl i fyny'r grisiau i weld a oedd ei mam yn iawn. Ond roedd meddwl am ddringo'r grisiau fel rhedeg marathon iddi. Dylyfodd ên yn gysglyd. Byddai'n rhoi'r byd am gael gorwedd yn rhywle a chysgu . . . a chysgu. Dylyfodd ên eto.

Cerddodd am ddrws y ffrynt. Efallai y byddai'n teimlo'n well wedi cael ychydig o awyr iach. Eisteddodd ar stepan y drws a phwyso ar ei ffrâm. Roedd popeth yn berffaith ddistaw yn yr ardd.

Tywynnai haul y bore o'r awyr las uwchben, ond doedd 'run aderyn yn symud na thwitian ym mrigau coediach y gwrychoedd. A chan fod y rheiny mor uchel a thrwchus, doedd dim arall i'w weld chwaith. Dim gardd drws nesa, na phobl yn cerdded y stryd y tu allan. Dim lleisiau na sŵn troed chwaith.

Unigrwydd llonydd distaw, llesg. Dyna oedd yno. A doedd yr eisio cysgu'n cilio dim.

Cododd ar ei thraed a cherdded yn araf i gyfeiriad y sièd fregus yng ngwaelod yr ardd. Rhywbeth i'w wneud i geisio anwybyddu'r eisio cysgu ofnadwy a ddaeth drosti. Ac . . . ac . . . roedd teimlad annifyr yn mynnu crynhoi o'i mewn. Ofn . . . ac eisio cysgu . . . a choesau bron â gwrthod ufuddhau. Popeth yn gymysg rywsut.

Ciciodd garreg fechan ar y llwybr yn llesg. Ond difarodd ar unwaith wrth i'r sŵn ddiasbedain yn ddirgel rywsut ar y llwybr caregog. Aeth ias drwyddi. Ddylai hi ddim bod wedi gwneud. Jest rhag ofn iddi ddeffro rhywbeth. 'Run fath â'r twll hwnnw a *dyfodd* wrth iddi edrych arno o'r blaen.

Ond dim ond twll oedd hwnnw wedi'r cyfan, 'te? Draw yn fan'na wrth y goeden. Syllodd i'r cyfeiriad. Tybed yn lle gwelodd hi o? Doedd dim ond glaswellt crin i'w weld rŵan. Cerddodd ymlaen gan hoelio'i llygaid ar yr union fan er bod yr hen ias 'na'n cerdded ei chorff unwaith eto.

Doedd yna ddim twll. Doedd yna ddim byd! Ond roedd hi'n siŵr iddi weld un. Fe welodd Dan o hefyd. Ond welodd o mohono'n tyfu chwaith. Nid fel y gwnaeth hi. A sut allai twll ddiflannu heb i rywun ei lenwi?

Simsanodd uwchben y fan. Twll wedi diflannu . . . Dan yn cysgu'n od neithiwr . . .

67

Mam yn cysgu rŵan . . . a hithau eisio cysgu hefyd. Dechreuodd ei phen droi wrth geisio gwneud synnwyr o'r cyfan.

10

Trodd a cherdded yn hunllefus gysglyd am y tŷ. Suddodd i'r gadair wrth fwrdd y gegin a'r chwys sydyn yn llifo i lawr ei chorff.

Pa bryd y deuai ei thad adre? A Dan hefyd. A sut oedd Mam?

Cododd yn ansicr. Fe ddylai hi fynd i fyny i weld. Efallai ei bod hi eisio paned arall. Neu eisio cwmni i siarad. Ac roedd hithau eisio cwmni hefyd. Doedd hi ddim yn lecio i lawr yma ar ei phen ei hun.

Dringodd y grisiau a'i choesau fel plwm. Agorodd ddrws y llofft yn ddistaw jest rhag ofn bod ei mam yn cysgu eto. Ond roedd y gwely'n wag! Brawychodd a deffro o'i llesgedd efo sbonc.

'Mam! MAM! Lle rydach chi?'

Brysiodd at y gwely a chanfod ei mam yn

gorwedd ar y llawr yr ochr arall iddo. Roedd hi'n llipa anymwybodol.

'Mam! MAM!'

Plygodd uwch ei phen a'i hysgwyd. Doedd dim ymateb.

O! Be wnâi hi? Rhedeg i ffonio? Aros efo hi? Ceisiodd ei chodi'n ôl ar y gwely. Ond roedd hi'n rhy drwm. Lle roedd Dad? A Dan? Wyddai hi ddim beth i'w wneud. Rhedeg. Aros. Be?

Ffonio. Dyna be wnâi hi. Ffonio 999 am gymorth. Rhedodd i lawr y grisiau. *Ond doedd ganddyn nhw ddim ffôn!* Yr arian yn rhy brin i gael un.

Rhedodd yn ôl i fyny'r grisiau a'i gwynt yn ei dwrn. 'MAM!'

Dim symudiad. Roedd yn rhaid iddi chwilio am gymorth. O! Pam oedd yn rhaid i'w thad fod oddi yma, a Dan yn y caffi hefyd? Faint o ffordd oedd i fan'no? Wyddai hi ddim. A beth tasai'i mam yn gwaethygu tra oedd hithau'n chwilio am Dan.

Plygodd dros ei mam unwaith eto.

'Deffrwch! Plîs, Mam,' ymbiliodd a'r dagrau sydyn yn cymylu ei sbectol.

Dim ymateb. Doedd ganddi ddim dewis. Roedd yn rhaid iddi ei gadael i chwilio am gymorth. Ceisiodd gofio beth ddylai ei wneud i drin rhywun anymwybodol. Eu troi ar eu hochr a rhoi blanced drostynt. Fe ddarllenodd hynny yn rhywle.

Bustachodd i droi ei mam i'r safle dod ati'i hun. Ond doedd o ddim yn orchwyl hawdd troi rhywun mor ddiymadferth. Llwyddodd o'r diwedd a rhoi gobennydd wrth ei chefn rhag iddi gwympo'n ôl. Estynnodd flanced yn ffrwcslyd a'i thaenu drosti.

'Mam! Fydda i ddim yn hir. Jest nôl rhywun i helpu,' fe'i cysurodd hi yr un mor ffrwcslyd, gan wybod nad oedd ei mam yn ei chlywed.

A chydag un cipolwg brysiog i'w chyfeiriad, carlamodd i lawr y grisiau ac allan i'r ardd. Anelodd am y gât fach i'r stryd. Fe fyddai rhywun yn siŵr o fod yn cerdded y palmant, gweddïodd. Ond doedd yna neb.

Rhedodd am gât y drws nesa. Carlamodd i fyny at ddrws y ffrynt. Curodd i ddeffro'r meirw. Ond doedd dim ymateb. Gwelodd fotwm y gloch. Pwysodd yn hir arno. Ond ddaeth neb i'r drws.

Rhedodd yn ôl i'r stryd. Pam nad oedd neb o gwmpas? Lle roedd pawb? Cofiodd weld blwch ffôn yn rhywle. Jest cip gafodd hi pan oedden nhw'n cyrraedd yno. Ond pa ben i'r stryd? Symudodd yn anesmwyth o un droed i'r llall mewn cyfyng gyngor.

Roedd hi'n tybio'n siŵr mai i fyny ar y dde. Cychwynnodd. Ond tybed ai ar y chwith? Na, y dde. Rhedodd ymlaen. Welai hi neb yn unman. Dim ond gatiau gerddi yn arwain at dai preifat cuddiedig y tu ôl i wrychoedd uchel. Ble roedd pawb?

Diolch byth! Gwelodd y blwch ffôn yn y pellter. Brathai ei hanadl yn ei hysgyfaint wrth iddi redeg tuag ato. Tynnodd y drws ar agor gan weddïo y byddai'r ffôn yn gweithio. Gafaelodd ynddo efo bysedd chwithig.

9 . . . 9 . . . 9.

Baglodd ei neges i'r ddynes a atebodd y ffôn. Enw? Cyfeiriad? Beth oedd yn bod?

'Brysiwch . . . plîs. Mae Mam yn anymwybodol. Gorwedd yna'n dweud dim.'

Rhedodd yn ôl am y tŷ. Carlamodd i fyny'r grisiau.

'Maen nhw'n dŵad, Mam. Mi fyddwch chi'n . . .'

Sgrechiodd. Drosodd a throsodd.

Roedd cysgod tywyll yn dynn wrth gorff ei mam ac yna diflannodd yn sydyn o dan y sgertin. Rhywbeth . . . wyddai hi ddim beth.

Daeth lleisiau o'r lobi.

'Hylô! HYLÔ! Ambiwlans. HYLÔ!'

Baglodd i dop y grisiau. Roedd ei thafod yn rhy sych iddi ddweud gair, dim ond amneidio i gyfeiriad y llofft.

Mi welodd hi. Do. Do. Do. Rhywbeth wrth gorff ei mam. Cododd cyfog i'w gwddf.

'Beth ydi ei henw hi?'

'Yyy?'

'Enw eich mam?'

'C-Cerys.'

'Cerys! Cerys! Ydych chi'n fy nghlywed i?'

Dim ymateb.

Gwyliodd y dynion ambiwlans yn cludo ei mam i'r ambiwlans.

'Dŵad?'

73

'Yyy?'

Roedd ei meddwl yn un cynnwrf poenus.

'Dŵad efo'r ambiwlans,' eglurodd y dyn gan ddal y drws yn agored iddi.

'Ond beth am Dad . . . a Dan?'

Safodd yno mewn cyfyng gyngor.

'Dŵad, 'ta aros?' holodd y dyn eto. ''Dan ni ar frys.'

Be wnâi hi? Pe bai'n mynd, fe fyddai Dad a Dan yn methu gwybod i lle'r aethon nhw. Os arhosai, fyddai neb ond y hi yn yr hen dŷ.

'A-aros,' penderfynodd.

'Yn Ysbyty Glan Fenni fydd dy fam,' meddai'r dyn cyn cau'r drws a neidio i'r caban.

Gwyliodd Lowri'r ambiwlans yn diflannu i lawr y stryd a throdd yn anfodlon am y tŷ. Ond doedd hi ddim am fynd i mewn. Fe arhosai yn yr ardd nes y deuai Dad neu Dan adre.

Eisteddodd ar stepan y drws. Beth oedd yn bod ar Mam? Oedd hi'n sâl ofnadwy? Lledodd ias oeraidd drwyddi wrth iddi gofio am y rhywbeth hwnnw a welodd hi yn *cyffwrdd* ei mam.

Pa mor hir fyddai Dad a Dan? Caeodd ei

llygaid yn flinedig yng ngwres yr haul.

Roedd . . . h-hi . . . wedi b-blino. Yn ofnadwy
o f-flinedig. Ymdrechodd i gadw ei llygaid yn
agored. Ond roedden nhw'n mynnu cau ar ei
gwaethaf.

Cysgodd . . .

*Llithrodd y 'Fo' ar hyd llawr y lobi. Anelodd
am stepan y drws agored. Teimladau . . . corff
. . . bwyd! Roedd y gnofa o'i mewn yn cynyddu.*

11

Agorodd gât fach yr ardd efo gwich sydyn. Cerddodd ei thad i fyny'r llwybr at y drws.

'Lowri! Beth wyt ti'n ei wneud yn fan'ma? Yn cysgu?'

Sylwodd o ddim ar y 'Fo' yn diflannu i'w guddfan o dan y sgertin.

'LOWRI!'

'B-be?'

Deffrodd Lowri yn sydyn a'i thaflu ei hun i freichiau'i thad.

'Mam. Yn yr ysbyty. Fedrwn i mo'i deffro hi. Ac mi roedd rhywbeth yna. Rhywbeth . . . wn i ddim beth.'

Ond doedd ei thad ddim yn gwrando wedi clywed ei geiriau cyntaf.

'Yn yr ysbyty? Dy fam? Pa un?'

'G-Glan Fenni. Wyddwn i ddim beth i'w wneud, Dad. Aros, 'ta mynd efo'r ambiwlans.'

'Rhaid imi fynd yno ar unwaith. Aros di yma i ddisgwyl Dan.'

'Ond . . . fedra i ddim. Gen i ofn.'

'Lowri! Dim o dy nonsens di. Rhaid aros i ddweud wrth Dan.'

Y funud honno, fe gyrhaeddodd Dan. Ochneidiodd Lowri'n ddiolchgar.

'Ga i ddŵad rŵan, Dad? Dan a fi.'

'I ble?' holodd Dan gan edrych o un i'r llall yn ddryslyd.

'Ysbyty. Mam yn sâl,' eglurodd Lowri mewn llais gwantan.

Brysiodd eu tad i'r tŷ.

'Rhaid ffonio am dacsi,' meddai'n ffrwcslyd.

'Ond does ganddon ni ddim ffôn,' atgoffodd Lowri ef. 'Blwch ym mhen draw'r stryd. Fan'no ffoniais i.'

Rhwbiodd ei thad law yr un mor ffrwcslyd dros ei wallt.

'O . . . ia. Wedi anghofio.'

Caeodd y drws yn frysiog a chychwyn ar frys

gwyllt am y gât. Dilynodd Dan a Lowri ef ar ras.

'Arna i mae'r bai am hyn i gyd,' meddai eu tad yn y tacsi yn ddiweddarach. 'Rhoi gormod o bwysau arni hi. Colli tŷ a phopeth. Damia'r hen Elfyn Ffowcs 'na.'

Cydiodd Lowri yn llaw ei thad a'i gwasgu'n dynn.

'Does mo'r help, Dad,' cysurodd. 'Ac mi gewch chi waith eto. Mi fydd pethau'n well wedyn.'

'Wn i ddim yn lle,' oedd ateb digalon ei thad.

Talodd y tacsi a brysiodd y tri i gyntedd yr adran frys.

'Cerys Jones. Newydd ddod i mewn.'

Chwiliodd y dderbynwraig y rhestr ar y cyfrifiadur.

'Y meddygon efo hi rŵan. Eisteddwch yn fan'na plîs. Mi ddaw rhywun atoch chi'n fuan.'

Llusgodd y munudau un ar ôl y llall tra oedden nhw'n disgwyl.

Yna ymddangosodd meddyg.

'Mr Jones?'

Neidiodd eu tad ar ei draed.

'Ia. Be sy'n bod ar Cerys, doctor? Ga i'i gweld hi?'

'Cewch siŵr,' oedd yr ateb. 'Mae hi wedi deffro. Ond mae'n rhaid inni ei chadw i mewn i gadw golwg arni. Jest i benderfynu beth sydd o'i le. Dowch drwodd.'

Gorweddai eu mam o dan flanced denau ar y troli. Roedd ei hwyneb yn welw ac edrychai'n flinedig iawn. Ond gwenodd yn llipa wrth eu gweld.

'Cerys bach. Sut wyt ti'n teimlo?' oedd geiriau cyntaf ei gŵr.

'Iawn,' oedd yr ateb gwannaidd.

'Bydd angen profion,' eglurodd y meddyg cyn eu gadael. 'Mae'n ymddangos yn wan iawn. Wyddon ni ddim pam eto. Fe gaiff ei symud i un o'r wardiau cyn gynted ag y bydd lle.'

Caeodd eu mam ei llygaid unwaith eto, ac yn fuan cysgodd eilwaith. Eglurodd y nyrs nad oedd fawr o bwynt iddyn nhw aros ymhellach.

'Rhowch eich rhif ffôn imi,' meddai. 'Mi ffoniwn ni os bydd angen.'

'Newydd symud,' eglurodd eu tad. 'Heb drefnu ffôn eto.'

'Ffoniwch bore fory, 'ta,' oedd yr ateb.

Safodd y tri y tu allan.

'Tacsi?' holodd Lowri'n obeithiol.

'Bws,' oedd ateb siort ei thad.

Fedrai o ddim fforddio tacsi arall, fe wyddai. Ddim os nad oedd gwir angen. Teithiodd y tri adre yn dawedog a digalon ar y bws.

'Gawsoch chi job?' mentrodd Lowri wedi cyrraedd y tŷ.

'Naddo,' oedd yr ateb trymaidd cyn i'w thad droi a dringo'r grisiau'n flinedig.

'Ewch i'r gwely,' gorchmynnodd. 'Mi gawn ni weld sut y bydd pethau yn y bore.'

Edrychodd Lowri a Dan ar ei gilydd. Yna gafaelodd Lowri ym mraich ei brawd.

'Tyrd efo fi,' hisiodd a'i arwain i'r gegin.

'I be?'

'Imi gael dweud rwbath wrthat ti.'

Dechreuodd Lowri grynu a sniffian crio wrth gofio. 'Mi welais i rywbeth eto. Roedd o yn llofft Mam. Yn cyffwrdd ynddi hi.'

'O, Lowri!' ochneidiodd Dan. 'Rwyt ti'n dychmygu pethau eto. Ypset wyt ti.'

'Ond mi welais i o. Wir yr!'

'Rwtsh!'

Edrych yn hurt arni wnaeth Dan. Roedd o'n dechrau meddwl bod Lowri yn cael hunllefau. A hynny yn ystod dydd golau.

'Dwyt ti ddim yn coelio, yn nac wyt? Ond mi welais i o. Do, wir. Plîs, coelia fi. Plîs.'

'Dydw i ddim yn gwybod beth i'w goelio,' meddai Dan.

'Ond mae 'na rywbeth. Rydw i'n gwybod fy mod i'n iawn.'

Ond troi oddi wrthi a gwrthod siarad wnaeth Dan. On'd oedd o wedi gweithio diwrnod yn y caffi, ac wedi cael amser i ailfeddwl ynghylch honiadau Lowri am yr hen dŷ? Fe gafodd amser i'w ddarbwyllo'i hun, ac i gredu'n sicr na welodd ac na chlywodd o a Lowri ddim ond craciau a synau a phethau digon cyfarwydd i bawb mewn rhywle hen hen. A pheth arall, tasa fo'n cydnabod y gwir . . . doedd o ddim *eisio* coelio.

Dim peryg!

12

Ymestynnodd y 'Fo' yn fodlon yn y muriau.
Roedd o'n cryfhau bob dydd.

Tri tawedog iawn a eisteddai wrth y bwrdd
brecwast fore trannoeth. Ychydig iawn o gwsg
a gafodd Lowri. Roedd hi wedi gorwedd yn effro
y rhan fwyaf o'r nos yn gwrando a gwrando ar
synau'r muriau, ac yn dychmygu bod rhywbeth
yn dod amdani ar hyd y llawr coed.

Doedd eu tad ddim wedi cysgu llawer
chwaith. Roedd o'n poeni gormod am ei wraig,
ac yn poeni am nad oedd ganddo waith i ddod
ag arian i'w cynnal. A byddai'n rhaid iddo fynd
i'r ysbyty fory yn lle dal i chwilio. Chafodd o
ddim lwc y diwrnod hwnnw. Doedd neb eisio
cyflogi methdalwr . . . rhywun oedd wedi arfer
rhedeg ei fusnes ei hun ac wedi methu.

Ac er bod Dan wedi cysgu rhywfaint, bu ei gwsg yn llawn breuddwydion am graciau mawr yn y muriau a rhywbeth yn cuddio y tu ôl iddynt. Cododd yn llesg a'i feddwl fel wadin.

Yn awr, fe wynebai'r tri ei gilydd wrth y bwrdd brecwast.

'Pa bryd wnewch chi ffonio, Dad?' holodd Lowri.

'Yn syth bìn rŵan,' oedd yr ateb.

'Ga i ddŵad efo chi i ffonio?'

'Rhaid iti olchi'r llestri a chasglu ychydig o ddillad i fynd i'r ysbyty i dy fam,' meddai ei thad. 'Fydda i ddim yn hir.'

'Ond . . .'

Edrychodd Lowri ar Dan. Roedd o'n dylyfu gên yn flinedig, ond eto roedd o'n codi'n fwriadol ac yn anelu am ddrws y gegin.

'Lle rwyt ti'n mynd?'

'Ar ôl Dad. Ac i ddweud wrthyn nhw yn y caffi beth sy wedi digwydd.'

'Ond dydw i ddim eisio aros fan'ma ar fy mhen fy hun. Aros. Plîs, Dan.'

Ond roedd ei brawd wedi diflannu drwy'r drws ffrynt agored cyn ei hateb. Edrychodd

Lowri'n ddigalon o'i chwmpas . . . ac yn ofnus hefyd.

Disgleiriai haul ben bore drwy ffenest y gegin. Ond roedd cysgodion yn llechu yn y corneli a theimlad oer yn treiddio drwy wadnau ei threinyrs. Cerddodd cryndod drwyddi.

Doedd hi ddim eisio bod yma ar ei phen ei hun. Ond fe wyddai fod yn rhaid iddi, jest nes y deuai Dad yn ôl. Fe gaen nhw fynd i'r ysbyty wedyn i weld Mam.

Cliriodd y bwrdd brecwast a dodi'r llestri ar fwrdd coed y sinc. Efallai y byddai'n well iddi fynd i chwilio am goban a gwnwisg a bag molchi ei mam yn gyntaf. Byddai angen y rheiny arni hi.

Dringodd y grisiau yn erbyn ei hewyllys. Doedd hi ddim eisio cyrraedd y landin . . . ddim a hithau yma ar ei phen ei hun. A doedd hi ddim eisio mynd i lofft ei rhieni chwaith. Ddim a hithau wedi gweld y rhywbeth hwnnw yn diflannu o dan y sgertin.

Ceisiodd feistroli ei hofn. Pwysodd law grynedig yn erbyn drws llofft ei rhieni a sbecian i mewn. Hongiai smotiau llychlyd ym mhelydrau'r haul wrth y ffenest. Doedd dim symudiad. Dim ond llofft dawel, lonydd.

Mentrodd i mewn er bod ei chalon yn ei gwddf. Brysiodd at y bwrdd gwisgo. Agorodd y drôr a chipio coban ohoni. Yna gwibiodd yn ôl at y drws a chydio yn yr wnwisg a hongiai wrtho. Rhuthrodd i'r landin, ac anelu am y stafell ymolchi. Cipiodd y bag molchi a baglu ei ffordd i lawr y grisiau fel pe bai'r diafol ei hun wrth ei chwt.

Daeth ei thad i'r lobi.

'O . . . Dad. Sut oedd Mam?'

''Run fath. Mynd i gael profion.'

'Gawn ni fynd i'w gweld? Rydw i wedi cael y dillad.'

'Pnawn 'ma.'

Aeth ei thad drwodd i'r gegin.

'Wyt ti ddim wedi golchi'r llestri?'

'Mi wna i rŵan.'

Fe deimlai Lowri'n well wedi i'w thad ddychwelyd. Ddigwyddai dim tra oedd o yno, fe'i cysurodd ei hun. Arllwysodd ddŵr i'r bowlen a golchi'r llestri, a'u rhoi i ddripian ar y bwrdd coed. Tywalltodd y dŵr ymaith.

'Dydi'r dŵr ddim yn mynd i lawr, Dad,' meddai wrth weld y sinc yn hanner llawn.'

'Rhywbeth yn y beipen wastraff,' meddai ei thad yn flinedig. 'Tyrd imi weld.'

Teimlodd geg y beipen yn y sinc rhag ofn bod bag te neu rywbeth yno. Ond doedd dim.

'Aros. Mi a'i allan i'r cefn i godi caead y draen i gael gweld,' meddai.

Disgwyliodd Lowri yn y gegin. Clywodd glec ysgafn y caead yn erbyn y concrit wrth i'w thad ei godi. Yna mwmblian isel ac ambell sŵn proc wrth iddo geisio clirio beth bynnag oedd yn rhwystr yn y draen.

'Ydi o wedi blocio, Dad?' galwodd.

Ddeallodd hi mo'r ateb. Cerddodd at y drws a rownd y tŷ i'r cefn. Roedd ei thad yn sefyll uwch ben y draen.

'Be ddeudsoch chi?'

Prociodd ei thad yn egnïol eto.

'Dos i weld ydi'r sinc yn gwagio,' gorchmynnodd gan blygu i anelu proc dda arall i'r draen.

'Iawn.'

Cychwynnodd Lowri rownd congl y tŷ. Daeth clec sydyn y tu ôl iddi. Trodd i weld ei thad yn gorwedd yn llipa ar lawr . . . ac am eiliad, tybiodd iddi weld rhywbeth yn diflannu'n ôl i'r draen.

O, na!

Rhedodd i'w gyfeiriad.

CLEC!

Safodd yn stond wrth weld y beipen wastraff uwchben yn gollwng ei gafael yn y wal a chwympo'n swnllyd i'r llawr, a tharo ei thad.

'DAD!' sgrechiodd Lowri.

'Y beipen. Fy nghoes i,' griddfanodd ei thad.

'Ydach chi wedi brifo? Fedrwch chi godi?' erfyniodd Lowri a'i chalon yn ei gwddf.

Griddfanodd ei thad eto.

'Edrych . . . yn debyg . . . fy mod i wedi . . . torri fy nghoes,' meddai rhwng ei ddannedd. 'Gad lonydd imi am eiliad.'

Ceisiodd ei thad symud. Ond griddfanodd mewn poen eilwaith.

'Dos i . . . ffonio . . . am ambiwlans,' meddai.

Dechreuodd Lowri sniffian crio. Fedrai hi ddim credu'r peth. Ei mam a'i thad yn yr ysbyty. Rhedodd am y gât. Owww! Trawodd yn galed yn erbyn Dan wrth iddo yntau ddod i mewn drwyddi.

'Be sy?'

'Dad wedi syrthio,' ebychodd Lowri. 'Eisio ambiwlans.'

Brysiodd Dan at ei dad. Ond wedi gweld yr olwg oedd arno, trodd ar ei sawdl a chychwyn rhedeg am y stryd ac i gyfeiriad y caban ffôn. Rhedodd Lowri i'r tŷ, a heb gofio dim am ei hofn, rhedodd i fyny'r grisiau i nôl blanced i'w rhoi dros ei thad a gobennydd i'w roi dan ei ben.

Gwenodd yn wantan arni wrth iddi lapio'r flanced amdano.

'Paid â phoeni, Lowri. Mae'r boen yn well ond imi beidio symud.'

Aeth y ddau efo'u tad yn yr ambiwlans.

'Toriad pur ddrwg,' oedd dyfarniad y meddyg. 'Mi fydd yn rhaid ichi aros i mewn a chael pìn i ddal yr asgwrn yn ei le. Triniaeth o dan anasthetig, Mr Jones. Ac mi fyddwch mewn plaster am beth amser.'

'Sut digwyddodd o, Dad?' holodd Dan.

'Ro'n i'n union o dan y beipen wal pan ddisgynnodd,' eglurodd ei dad. 'Mae'n rhaid ei bod hi wedi taro fy nghoes a gwneud imi ddisgyn.'

Tyfodd darlun sydyn o flaen llygaid Lowri. Darlun o'i thad yn gorwedd ar lawr *cyn i'r beipen wal ddisgyn*! *A rhywbeth yn diflannu'n ôl i'r draen.* Wedyn y disgynnodd y beipen.

'Ond . . .' cychwynnodd.

'Ewch i weld eich mam a dweud wrthi beth sy wedi digwydd,' oedd gorchymyn ei thad.

Cerddodd Dan a hithau ar hyd y coridor.

'Mi fydd Mam wedi dychryn,' meddai Dan. 'Ys gwn i sut mae hi.'

'Roedd Dad wedi disgyn cyn . . .' meddai Lowri.

'Disgyn cyn be?'

'Roedd Dad wedi disgyn cyn i'r beipen wal gwympo.'

'Y beipen achosodd iddo ddisgyn a thorri'i goes, medda fo.'

'Ac mi welais i rywbeth yn mynd yn ôl i'r draen.'

'O Lowri! Ddim hynna eto!'

'Ond mi welais i . . .'

Doedd Dan ddim am wrando. Mympwy gwirion Lowri oedd y cyfan. Am nad oedd hi wedi lecio'r hen dŷ ers iddyn nhw ddŵad i fyw yno.

Mi wn i be welais i, meddyliodd Lowri yn bendant. Ond does neb am goelio. Roedd Dad yn procio'r draen, a phan droais i wrth glywed y glec gyntaf, roedd o ar lawr . . . a rhywbeth yn diflannu i'r draen. *Wedyn* y disgynnodd y beipen wastraff.

Ond erbyn hyn, roedden nhw wedi cyrraedd y ward at eu mam, ac yn gorfod dweud y newydd wrthi.

'Wedi syrthio? O diar! A minna yn fy ngwely fan hyn.'

Daeth dagrau gwan i'w llygaid.

'Ond dwi wedi blino gormod i ddim bron. Dwn i ddim beth sydd arna i,' meddai.

'Mi fydd popeth yn olreit, Mam,' cysurodd Dan hi. 'Mi fydd Lowri a minnau'n iawn nes y daw'r ddau ohonoch chi adre.'

Brathodd eu mam ei gwefus.

'Arian . . . bwyd . . . o lle maen nhw i gyd am ddŵad,' meddai'n egwan.

'Peidiwch â phoeni,' meddai'r ddau. 'Mi fydd popeth yn iawn.'

Ond, wrth gwrs, doedd pethau ddim yn iawn, meddyliodd Lowri. Mam yn wantan sobr yn yr ysbyty, Dad yn disgwyl triniaeth, a'r hen dŷ oeraidd annifyr, bygythiol yn wynebu'r ddau. Does 'na neb ond Dan a fi ar ôl yn y tŷ rŵan.

13

Gwingodd y 'Fo' yn fodlon ym muriau'r hen dŷ. Dyna braf oedd cael bwydo unwaith eto, a theimlo'i hun yn cryfhau wrth sugno bywyd a theimladau'r pedwar a ddaeth i fyw i'r hen dŷ. Ymhyfrydodd yn ei gryfder newydd wrth iddo ymestyn yn rhwydwaith gyhyrog i bobman. Fe ailddeffrodd ei feddwl a'i gorff dieithr. Roedd o'n awchu am ragor. Teimladau . . . cyrff . . . popeth i'w safn newynog. Y nhw'n gwanhau . . . ac yntau'n cryfhau! Nes cyrraedd y pinacl olaf . . . y crensian a'r bwydo ar eu cyrff pitw!

'Dydw i ddim am gysgu ar fy mhen fy hun.'

'Be? Paid â bod yn wirion!'

'Mae gen i ofn.'

'O Lowri! Be eto?'

'Mi ddo i â fy sach gysgu i dy lofft di.'

Ochneidiodd Dan.

'Olreit, 'ta,' meddai'n surbwch.

Cariodd Lowri'r sach gysgu i lofft Dan. Yna edrychodd yn ofnus ar y llawr. Na, doedd hi ddim am gysgu ar y llawr chwaith. Fedrai hi ddim.

'Ga i ei rhoi ar y gwely?'

Wfftiodd Dan. Be fyddai'i hen ffrindiau yn ei feddwl tasen nhw'n gwybod ei fod yn rhannu gwely efo'i chwaer? Cinci!

'Callia, wnei di!'

Ond doedd waeth iddo heb. Roedd Lowri'n benderfynol nad oedd hi am gysgu ar ei phen ei hun, ac nad oedd hi am gysgu ar y llawr chwaith.

'Mi gysga i ar lawr yn y bag, 'ta,' cynigiodd Dan yn surbwch.

'Na. Mae'n rhy beryg. Plîs, Dan. Rydw i'n gwybod.'

'Rwtsh! O, dyna ti, 'ta.'

Os oedd hi mor wirion, pob lwc iddi. Doedd o ddim am gadw'n effro i hel meddyliau. Caeodd ei lygaid yn benderfynol.

'Wyt ti'n effro, Dan?'

'Nac ydw.'

'Glywi di sŵn yn y muriau? Sŵn symud?'

'Na chlywa. Dos i gysgu.'

'Ga i ddŵad i mewn atat ti?'

Neidiodd Dan ar ei eistedd. 'Uffern dân! Na chei!'

Roedd sach gysgu ar y gwely yn ddigon. Ond i ddod i mewn ato i'r gwely hefyd? O na!

'Be sy'n bod arnat ti?' sgyrnygodd Dan.

'Ofn.'

'Mae'r golau ymlaen. Mae'n ddau o'r gloch. Rydw i eisio mynd i weithio fory. Ga i *gysgu*?'

Gafaelodd yn y cloc larwm a'i roi i'w ddeffro am wyth. Yna cwympodd yn ôl ar y gobennydd a chau ei lygaid drachefn.

Ond fedra *i* ddim cysgu, meddyliodd Lowri. Ddim a rhywbeth byw yn gwylio a bygwth yn yr hen dŷ 'ma. Ymladdodd yn erbyn y rheidrwydd i gau ei llygaid a ddaeth drosti. Doedd . . . hi . . . ddim . . . am . . . gysgu. Ond er iddi ymladd fedrai hi ddim cadw'n effro mwyach. Cysgodd.

Llithrodd y 'Fo' allan o'r tu ôl i'r sgertin a

chyffwrdd yn ysgafn yng nghyrff y ddau.
Cysgwch! Cysgwch! Tra fydda i'n sugno rhagor
o'ch bywydau pitw. Yn fuan, fydd yna ddim ond
y sgerbwd olaf ar ôl. Bydd y teimladau a'r
bywyd wedi mynd.

Canodd y cloc larwm yn swnllyd am wyth o'r gloch. Ymladdodd Dan o ddyfnder cwsg trymaidd. Roedd cloch yn canu yn rhywle. Rhwbiodd lygaid blinedig. Cloch?

Doedd fawr o ots ganddo am glychau a'u sŵn diddiwedd. Cysgu roedd o eisio. Eisio syrthio'n ôl i'r trwmgwsg a fynnai ailafael ynddo er ei waethaf. Ond mynnai'r gloch ei sylw. Roedd hi'n canu a chanu rywle wrth ei glust.

Cofiodd. Y caffi! Roedd yn rhaid iddo ddeffro a chodi. Lowri? Oedd hi yn dal i gysgu?

'Hei! Deffra. Mae'n wyth o'r gloch. Amser codi.'

'Yyy?' oedd yr ymateb swrth.

'Waeth gen i iti aros yna. Dw i'n codi rŵan. Mynd i'r caffi.'

Deffrodd Lowri.

'Wyt ti ddim yn mynd a fy ngadael i yma. Fedri di ddim.'

Dylyfodd Dan ei ên yn gysglyd.

'Medra siŵr.'

Dylyfodd ên eto.

'Ychydig oriau ydi o, a mynd i'r ysbyty wedyn.'

'Ond . . .'

Gwyliodd Lowri ei brawd yn codi yn gysglyd a chychwyn yn araf am y stafell ymolchi. Roedd hi'n braf a blinedig yma yn y gwely. A doedd hi ddim eisio iddo fynd i weithio. Doedd hi ddim eisio aros yn yr hen dŷ. Doedd hi ddim am aros yno. Fe âi hi efo Dan i'r caffi ac aros yno nes y byddai wedi gorffen gweithio.

'Be? Wyt ti'n gall?'

'Dydw i ddim yn aros yma. Ddim ar fy mhen fy hun.'

Dringodd yn araf o'r gwely. Roedd hi wedi blino. Wedi blino gormod i symud bron. Ac roedd Dan yn llegach hefyd.

Roedd dringo i lawr y grisiau fel cerdded trwy fwd gludiog. A doedd gan 'run o'r ddau awydd bwyta chwaith. Ond fe ddechreuon nhw deimlo rhywfaint yn well wrth gerdded i lawr y stryd.

'Wn i ddim be ddeudith Meri a Steffan,' grwgnachodd Dan.

'Mi ddeuda i na sgin i ddim byd i'w wneud.'

'Hy!' oedd yr unig ymateb.

'Hylô!' meddai Steffan wrth weld Lowri wrth gwt Dan. 'Ar dy ffordd i'r dre wyt ti? Braidd yn fuan i fynd i'r ysbyty, dydi?'

'Am aros yma efo Dan, os ca i,' meddai Lowri'n gloff. 'Nes bydd o wedi gorffen.'

'Hm!' oedd yr ateb synfyfyriol. 'Croeso iti roi help llaw os leici di. Rydw i eisio picio i'r archfarchnad bore 'ma.'

Ac felly y bu er nad oedd Lowri na Dan yn teimlo'n egnïol iawn. Roedd gweddillion cwsg yn mynnu glynu yn eu cyrff a phob cam yn golygu ymdrech.

'Golwg heb gysgu arnoch chi'ch dau,' sylwodd Meri gan estyn coffi iddyn nhw. 'Poeni am eich rhieni, siŵr o fod. Ond mi fyddan nhw'n iawn, gewch chi weld.'

'Oes rhaid inni fynd adre?' holodd Lowri wedi iddyn nhw orffen o'r diwedd.

'Pam ddim?'

'Dydw i ddim eisio.'

'Yli, Lowri,' meddai Dan yn ddiamynedd. 'Ein tŷ ni ydi o, a does ganddon ni nunlle arall i fynd.'

'Ia . . . ond . . .'

Codi ei ysgwyddau a cherdded ymlaen heb wrando wnaeth Dan. Roedd o wedi cael llond bol ar gwynion ac ofnau gwirion Lowri. Neithiwr, er enghraifft. Pwy fyddai'n coelio ei bod hi wedi mynnu cysgu yn yr un gwely â fo. Am ei bod hi ofn. Ofn be, wfftiodd wrtho'i hun.

Ond er yr wfftio, mynnai teimlad annifyr lechu yn ei feddwl yntau hefyd. *Roedd* pethau rhyfedd iawn wedi digwydd yn yr hen dŷ. Ond wrth gwrs, roedd eglurhad hollol ddiniwed iddyn nhw i gyd. Lowri oedd yn hel meddyliau gwirion.

Cerddodd o'i blaen i fyny llwybr yr ardd a throi'r allwedd yn y clo. Agorodd y drws. Am eiliad, tybiodd iddo glywed siffrwd sydyn fel y diflannodd rhywbeth o dan y sgertin. Ond dychymyg pur oedd hynny.

'Tyrd yn dy flaen,' gorchmynnodd yn ddiamynedd wrth weld Lowri yn petruso ar stepan y drws.

Ond rywsut, tra oedden nhw'n gwneud paned a brechdan sydyn, doedd yntau ddim yn hollol fodlon ei feddwl. Ac fe deimlai'n eithaf diolchgar o gael cau'r drws unwaith eto a chychwyn am yr ysbyty.

'Ydi popeth yn iawn? A sut mae eich mam?' oedd geiriau cyntaf eu tad.

'Yn cael Pelydr X. 'Dan ni ddim wedi'i gweld hi eto.'

Roedd coes eu tad mewn plaster ac yntau'n edrych yn ddigon poenus yn ei wely.

'Disgwyl dŵad adre 'mhen ychydig ddyddiau,' meddai. 'Efo baglau. Dwi'n siŵr y medrwch chi ymdopi eich hunain tan hynny.'

Doedd fawr o hwyl ar eu mam chwaith. Roedd hi'n llwydaidd a blinedig o hyd.

'Dal i deimlo'n wantan iawn,' meddai. 'Prawf gwaed yn dangos fy mod i'n anaemig, meddan nhw. Ac eisio rhagor o brofion eto hefyd. Methu deall pam rydw i mor flinedig.'

''Dan ninnau yn . . .' cychwynnodd Lowri.

Ond cafodd bwniad egr gan ei brawd.'

''Dan ni'n iawn,' meddai Dan.

'Wel . . . gobeithio eich bod chi'n ymdopi ar

ben eich hunain. 'Dach chi'n ddigon hen. Ond bihafiwch eich hunain, a pheidiwch gwneud dim byd gwirion.'

Ond eto, roedd golwg boenus arni.

'Does 'na fawr o fwyd yn y rhewgell, a dwn i ddim faint o arian sydd yna yn y ddesg chwaith,' meddai.

''Dan ni'n iawn, Mam,' meddai Dan eto.

'Dydw *i* ddim yn iawn,' meddai Lowri wrth iddynt adael yr ysbyty. 'Dwi ddim yn iawn o gwbl yn yr hen dŷ 'na.'

'Rwyt ti'n rêl tôn gron efo dy gwynion,' meddai Dan. 'Yli, gwena. Mae Mam yn well, a Dad wedi cael triniaeth. Bydd popeth yn gwella rŵan.'

'Ia . . . debyg,' oedd yr ateb amheus.

'Beth am inni gael pysgod a sglods i swper?' holodd Dan. 'Coginio nhw ein hunain i basio amser.'

'Iawn.'

Cododd Lowri ei chalon. Pysgod a sglods amdani. Roedd hi'n mwynhau coginio fel arfer. Caeodd ei llygaid yn freuddwydiol. Fe gaen nhw bys slwtsh hefyd, ac ychydig o wynwns wedi'u ffrio mewn sôs soi. Ardderchog!

Wrth gwrs, roedd hi wedi blino braidd o hyd. Ond fe anghofiai am hynny wrth goginio. A doedd yr hen dŷ ddim mor ddrwg wedi'r cyfan. Dim ond eisio arfer yno oedd eisiau. Gwenodd ar Dan wrth gyrraedd y drws.

14

O fewn fy nghyrraedd unwaith eto. Dyma'r munudau olaf. Does dim pwrpas aros rhagor!

Ymbalfalodd Lowri ym mherfedd y rhewgell fechan. Dyna lwcus nad oedd y beilïaid wedi meddiannu honno hefyd. Rhy hen oedd hi, debyg. Yn sgriffiadau a rhwd y tu allan, ac wedi hen weld ei dyddiau gwell.

Estynnodd y sosban olew a thanio'r nwy oddi tani. Rhoddodd y pysgod yn y popty ac estyn y platiau. Gosododd y bwrdd.

Ble roedd Dan?

'Dan!'

Galwodd eto. Dim ateb.

Cyffyrddodd ofn ei chalon. Lle roedd o? Doedd o erioed wedi mynd i rywle a'i gadael yma ar ei phen ei hun.

'DAN! LLE RWYT TI? DAN!'

Dim ateb.

Brysiodd am y lolfa. Roedd Dan yn eistedd ar y soffa . . . yn cysgu'n sownd.

'DAN!'

Ysgydwodd ef.

'B-be?' mwmiodd yn gysglyd.

'Pam wyt ti'n cysgu? Deffra, Dan,' ymbiliodd Lowri, bron â chrio.

'Ol r-reit.'

Ceisiodd godi ar ei draed, ond syrthiodd yn ôl drachefn.

'DAN!'

Yn ddisymwth, daeth eisio cysgu sydyn arni hithau hefyd. Beth oedd yr ots am bysgod a sglods? Roedd digon o amser i goginio eto. Cysgu roedd hi eisio. Cysgu wrth ochr Dan ar y soffa.

Rhwbiodd ei llygaid yn gysglyd. Cwympodd wrth ochr ei brawd. Dim ond cysgu ychydig bach. Chwarter awr efallai. Jest digon i ddadflino. Dylyfodd ên a phwyso'n ôl ar gefn y soffa.

Cofiodd am y sosban olew. Oedd hi wedi tanio'r nwy oddi tani? Fe deimlai'n rhy flinedig i fynd i weld. A dim ots. Byddai popeth yn iawn ond iddi gael seibiant bach. Teimlodd ei hun yn llithro i gwsg esmwyth.

'Ymmm!' ebychodd yn ddioglyd.

Daeth clec ysgafn o gyfeiriad y mur. Beth oedd yna, tybed, dyfalodd Lowri'n gysglyd. Ymladdodd i agor ei llygaid i edrych. Ond roedd agor ei llygaid yn drech na hi. Roedd hi wedi blino . . . eisio cysgu . . . eisio llithro i drwmgwsg melys hir.

Rhewodd wrth glywed clec arall. Clec uwch y tro yma. Ac roedd mwy o synau'n dod o'r muriau. Sŵn clecian ac ymestyn. Sŵn plaster yn arllwys tua'r llawr. Sŵn clecian a chracio. Synau a gynyddai nes taranu bron yn ei chlustiau.

Brwydrodd i agor ei llygaid eto. Gorfododd ei hamrannau i godi'n araf drymaidd. Roedd fel gwthio yn erbyn pwysau mawr, ond roedd hi'n ennill, er nad oedd ei llygaid yn llawn ar agor. Trodd i syllu'n syn o gwmpas yr ystafell trwy lygaid hanner agored.

Roedd y muriau yn ysgwyd a chrynu. Disgynnodd plaster yn dalpiau i'r llawr. Chwyddodd a bochiodd y muriau fel pe bai rhywbeth yn gwthio'i ffordd o'i guddfan y tu ôl iddynt.

'Dan!' sibrydodd Lowri gan afael ym mraich ei brawd.

'B-be sy?' holodd Dan yn hanner effro.

'Yli . . . iii!'

Roedd ei llais bron yn sgrech.

Disgynnodd talp mawr arall o blaster ac ymddangosodd düwch symudol yn nyfnder y twll tu mewn.

'DAN!'

Rhewodd Lowri yn ei hunfan. Allai hi ddim codi na symud oddi ar y soffa. Dim ond edrych ac edrych ar y düwch symudol, troellog yn nyfnder y twll, a theimlo'r oerni ofnadwy a dreiddiai oddi wrtho'n cyrraedd amdani hi a Dan.

Yn sydyn deffrodd o'i hofn a'i sioc. Dianc. Y hi a Dan. Roedd yn rhaid iddyn nhw ddianc. *Rŵan!*

Ymaflodd ym mraich Dan a cheisio'i godi o a

hithau oddi ar y soffa. Ond roedd yr oerni ofnadwy yn eu carcharu yno.

'Gad l-lonydd. Eisio cysgu,' mwmiodd Dan.

'Rhaid codi. Rŵan. PLÎS!' erfyniodd Lowri.

Agorodd Dan ei lygaid ac edrych o'i gwmpas yn gysglyd.

'Pam? Be sy?' holodd.

Yna lledodd ei lygaid wrth weld y talpiau plaster yn dal i arllwys i'r llawr. 'Twll,' meddai'n syn.

Yna gwelodd y düwch symudol yn y mur a theimlo'r oerni'n llifo'n donnau tuag atynt. Llusgodd i'w draed. Gwegiodd yno am eiliadau hir yn methu â symud cam.

Cynyddodd yr oerni i gau yn flanced amdanynt.

'Dan!' meddai Lowri drwy wefusau sych.

Gafaelodd Dan yn ei braich a cheisio symud y ddau ohonyn nhw i gyfeiriad y drws. Ond roedd fel pe baent yn symud trwy afon o lud oer oer, a honno'n mynnu eu hatal a'u carcharu yn y stafell yn erbyn eu hewyllys.

Cynyddodd yr oerni fwyfwy. Dechreuodd eu

dannedd glecian a cherddodd cryndod drwy'u cyrff i rewi eu gewynnau . . . i'w rhewi at eu hesgyrn.

'Fedra i ddim s-symud,' baglodd Lowri trwy wefusau rhewllyd.

'Rh-rhaid i-inni,' oedd yr ateb araf ystyfnig.

Duodd yr ystafell o'u cwmpas. Roedd rhywbeth yno. Rhywbeth a fu'n cuddio y tu ôl i'r mur. Rhywbeth oedd wedi dianc ac yn estyn amdanynt. A rhywbeth oedd yn dynn wrth eu sodlau.

Baglodd y ddau yn ffrwcslyd am ddrws y lobi, ac ymlaen am y gegin er bod pob cam yn anobeithiol o anodd.

Cwympodd y ddau yn erbyn y drws a'i agor.

'Y SOSBAN OLEW! MAE HI AR DÂN!'

Bu bron iddyn nhw syrthio'n ôl i gyfeiriad y düwch ymgripiol oedd yn eu dilyn. Petrusodd y ddau wrth y drws. Be wnaent? Roedd y tân o'u blaen a'r düwch oeraidd ofnadwy y tu ôl.

'I'R GEGIN! DIM DEWIS!' gwaeddodd Dan.

'OND Y TÂN,' wylodd Lowri a'i hanadl yn baglu yn ei gwddf.

Rhoddodd Dan hwth ymlaen iddi.

'DOS!'

Petrusodd Lowri'n ofnus wrth weld fflamau'r sosban olew yn cyrraedd y nenfwd. Roedd arni ofn y gwres a'r mwg. Ond roedd arni ofn y düwch oeraidd hefyd. Cymerodd gam i mewn a theimlo'r mwg cynyddol yn brathu ei hysgyfaint.

'Be wnawn ni?'

Yn sydyn disgynnodd ei brawd.

'DAN! COD!' erfyniodd.

Ceisiodd gydio ynddo. Ond llithrodd o'i dwylo oeraidd. Dyna ryfedd, meddyliodd trwy'i dagrau llosg. Mae gen i ddwylo oer yng nghanol tân. Ceisiodd afael yn ei brawd eto. Yna syllodd i lawr yn anghrediniol drwy'r mwg. Roedd ei brawd yn cropian yn ôl am y lobi!

'DAN!'

Ceisiodd afael ynddo a'i dynnu yn ôl ati.

Tyrd yma ata i. Bwyd . . . crensian . . . bodloni.

15

Powliodd y dagrau i lawr ei gruddiau wrth iddi geisio ei atal. Pam oedd o'n mynnu cropian yn ei ôl at yr oerni yn y lobi?

'DAN! DAN! PAID!'

Ond roedd Dan yn symud yn nes ac yn nes at y drws. Ac roedd y mwg a'r tân yn cynyddu o'i chwmpas hithau. Llifai dagrau i lawr ei hwyneb a theimlai'r mwg yn llosgi i lawr i'w hysgyfaint. Pesychodd a phesychodd.

Doedd hi ddim yn gwybod beth i'w wneud. Roedd yn rhaid iddi ddianc. Fedrai hi ddim dioddef y mwg a'r tân a'r pesychu mwy. Ond beth am Dan?

Gwelodd ddrws agored y lobi. Wrth gwrs! Baglodd i geisio'i gau. Ac wrth wneud, teimlodd y cymhelliad oeraidd a lifai o'r 'Fo' tywyll bygythiol yn y lobi.

Tyrd ata i. Bwyd . . . crenshian . . . digoni.

Ymladdodd i gau'r drws. Gwthiodd â'i holl nerth. Yn araf . . . araf llwyddodd i'w gau, er bod yr ymdrech bron yn drech na hi. Cyn gynted ag y caeodd hi'r drws, cododd Dan ar ei draed.

'Yyy-yy,' baglodd yn ddryslyd.

Yna deffrodd i'r perygl oedd o'u cwmpas. Perygl y tân a oedd yn prysur afael yn y llenni ac yn y cypyrddau coed, a pherygl y mwg oedd yn tewhau a llifo'n gymylau i lawr o'r nenfwd, a pherygl y 'Fo' a garcharwyd am ychydig y tu ôl i'r drws caeedig. Gafaelodd Dan yn Lowri a'i thynnu i'r llawr.

'Am ddrws y cefn!' gwaeddodd.

Pesychodd y ddau.

'Tyn dy grys chwys,' amneidiodd Dan gan dynnu ei un o.

Crafangiodd y ddau ar hyd llawr y gegin.

'LLE MAE'R DRWS?'

Gafaelodd y ddau yn ei gilydd ac ymlwybro ymlaen a'u crysau chwys yn fwgwd dros eu ffroenau.

Fe gyrhaeddon nhw'r drws o'r diwedd. Ymbalfalodd Dan i'w agor a disgynnodd y ddau allan trwyddo. Ffrwydrodd y mwg a'r tân yn ffyrnig wrth i'r drws agored fwydo'r fflamau.

Gorweddodd y ddau am eiliad yn ymladd am eu hanadl y tu allan. Ond roedd y fflamau'n rhy agos yno hefyd. Roedd yn rhaid iddyn nhw symud i le diogel.

Cododd y ddau yn simsan a baglu i gyfeiriad yr ardd ffrynt a'r gât a arweiniai i'r stryd. Roedd sŵn clecian a llosgi a chwympo y tu ôl iddynt wrth i'r fflamau feddiannu'r tŷ.

Pwysodd y ddau ar ei gilydd a syllu'n anghrediniol ar y goelcerth. Roedd y muriau'n gwegian ac yn symud fel pe bai rhywbeth nerthol yn ceisio ymladd ei ffordd allan. Cyrhaeddodd y fflamau at y ffenestri uchaf. Ffrwydrodd y gwydrau'n deilchion.

Poen! Llosgi!

Trawodd y ddau eu dwylo dros eu clustiau wrth i'r ing chwalu drostynt.

POEN! LLOSGI!

Ffrwydrodd ton ar ôl ton o deimladau oeraidd yn gymysg â dioddefaint i'w cyfeiriad.

111

Ond fel y cynyddodd y gwres a'r tân gwanhaodd y tonnau gan adael dim ond clecian y fflamau, a'r mwg a godai'n uchel i'r awyr las uwchben.

O'r diwedd daeth ffrwydrad anferth a chwympodd y tŷ â'i ben iddo. Cydiodd Dan a Lowri yn dynn yn ei gilydd a syllu ar y difrod heb ddweud gair.

Yna canodd seiren injan dân yn y pellter.